短歌にとって友情とは何か

江田浩司

現代短歌社新書

短歌にとって友情とは何か　目次

Ⅰ　短歌にとって友情とは何か

I　短歌にとって友情とは何か

序章　「ずっと、ここにいるから。」

友情について語ることは難しい。あるいは、語り得ると思うことほど傲慢なことはないのかもしれない。

かつては、友情ほど美しい人間性の発露はないと思われていた。

私は友情が存在することを信じているが、そんなものを信じるのはオポチュニストか、相当のお人好しでしかないという空気が一方にはある。それほど、現代は殺伐とした世の中だと言えるのかもしれない。

友情というと、すぐに頭に浮かぶのは、武者小路実篤の小説『友情』である。私は中学生のときに『友情』を読み、興奮のただなかに投げ込まれた。自分の将来にもしも同じような出来事が起こったとしたら、いったいどのような態度を取ることができるのか。友情と恋愛の問題は、思春期特有の感傷的な雰囲気に包まれて、その後も私の心を捉え続けた。そして、人間関係が、美しく割り切れるものではないと分かったときに、私は『友情』を卒業して、夏目漱石の『こゝろ』の世界に惹きつけられていった。

漱石の『こゝろ』から、友情を抽出することは難しい。人間のエゴイズムを追求したこの小説には、多くの割り切れない問題が横たわっている。それは、あまりにも人間的な感情と関係の葛藤であるだけに、人間の「生と愛」に纏《まつ》わるアポリアは、この小説の登場人物たちに感情の単純化を許してはくれない。追体験される登場人物の行為だけが、哀しくも、生々しく人間存在の薄明を照らし出してゆく。それゆえ、けっして光の届くことのない感情の奥底に、友情の欠片《かけら》が静かに沈んでいることを信じたいと願うのである。

一日の友情をあはれ名も知らず背に幾片の枯葉つけし人

河野愛子初期歌篇「ほのかなる孤独」

河野は当時、肋膜炎を病んでおり、この歌はそのような状況の中で詠まれている。この歌の前には、次の歌がある。

ひそかに慕へる人が吾が隣に腰をかけたりあはれなるわれ

同じベンチに座った青年への密かな想いを、「一日の友情」という言葉に籠めたのだろう。名前を尋ねることもできない青年への思いが、青年の背中についた「幾片の枯葉」とともに、「あはれ」を誘《いざな》う。この歌に登場する青年も、河野と同じく闘病生活を余儀なくされているのだろう。

「一日の友情」という言葉が包む悲しい儚さには、傷みと孤独が見事に表現されている。「一日の友情」に滲む無垢なる傷みが、永久《とわ》なる「あはれ」を静かに湛えている。

友情と恋愛は、人を喜びに包むこともあれば、哀しみに突き落とすこともある。この二つの感情は分かち難く結びつき、その境界をはっきりとは定め切れない。友情と恋愛の違いは、私たちを感情の迷いの中に引き込んでゆく。

鈴の音をしんと吸い込む鏡あり友人というあいまいな愛　　東直子『青卵』

友人への愛、それは恋人への愛とは違い、はっきりとした目的を持っているものではない。それゆえに、純粋という言葉を、永遠の時間がやさしく包みこんでいる感触がある。いや、この歌は、そのような言葉では言い当てることができない友人への愛を、固有の譬喩によって表現し得ている。友愛は、説明を拒否するものだ。それは、すぐれた表現の中でのみ命を与えられ、言葉として生き継ぐことができるものかもしれない。

人は、恋愛に臆病になるように、友情にも臆病になる。また、恋愛を失うのと同じように、友情を失うこともある。

友情は自己愛との複雑な関係のもとにあって、感情の発露の裏面には、密かな憎しみを養っているものかもしれない。仮にそうであったとしても、友情は私たちの生きる力であり、掛け替えのない思いである。そこには、ひとつしかない感情の重さが内側に秘められている。

愛よりも疲れる友愛　ひとつしかないスツールに膝をうずめて

北川草子『シチュー鍋の天使』

愛を失うことと、友愛を失うことは、どちらが重いのかを測ることはできない。だが、愛を確かめることと、友愛を確かめることは、どちらが容易であるかを想像することはできる。私たちは、友愛を確かめる術を持ち合わせてはいない。それゆえ、「愛よりも疲れる友愛」とは人間的な真理である。友愛は残酷にも、その真理を悟った者に襲いかかってくる。シモーヌ・ヴェーユは、友情について、次のように書いている。

友情を、いやむしろ友情への夢を斥けることを学ぶこと。友情を欲するとは大きな過ちである。友情は、芸術、あるいは生が与えてくれる歓びのような（美的歓びのような）、ひとつの無償の歓びでなければならない。それを受けるに価するようになるためには、まずそれを拒否しなければならない。（中略）いっさいの友情への夢は打ち破られるに価する。（中略）友情は孤独の苦しみを癒やすのではなく、孤独の歓びを倍加させるべきものだ。友情は、求められるものでも、夢みられるものでも、欲せられるものでもない。それは働きかけてくるものだ（ひとつの徳だ）。不純で混濁した、かの余分な感情のすべては打ち毀つこと……。以上！

『カイエ1』山崎庸一郎・原田佳彦訳（一九九八年、みすず書房）

シモーヌ・ヴェーユは、自分自身に向けてこのような厳しい言葉を言い放っている。ヴェーユにとっての友情は、神の面前で、自己を試すような激しい禁欲《ストイシズム》に充ちている。それは、神への愛から計られるものである。

綠蔭を穿ちて植ゑし新綠の杉　愛しすぎて友を失ふ

塚本邦雄『綠色研究』

この歌にも、友情の真理が語られている。愛しすぎるとは、一方的な関係性の強要である。そこには、他者が存在してはいない。自己への愛を拡張して、友情にすり替えているのにすぎない。そのことに気づくのは、友を失った後である。愛しすぎることが、往々にして自己愛とエゴイズムに端を発しているのは、皮肉な人間心理である。愛しすぎることは友情ばかりではない。愛そのものをも失うことになる。そのような人間心理を、この歌は上句で、寓意的に表現している。機微に富んだ人間性に配慮することなく、一方的に押しつけられる愛情、「新綠の杉」は、独りよがりの愛情の譬喩として歪《いびつ》に光り輝く。

亡き友の書き残したる文よみて宵から夜へ時《とき》濃かりける

岡井隆『E／T』

友情の形を限定することはできない。例えば「亡き友」の書を読みながら、回想の中で改めて友情が確かめられることもある。その友情とは、お互いを認め合う、ライバル関係の中で形作られたものであるかもしれない。あるいは、友情とはおよそかけ離れたものの中から、生まれくるものであったかもしれない。

友情についての判断を下すことは、当事者にも第三者にもできない。私たちは感じるだけだ。例えばこの歌に、亡き友への友情が内包されているのではないかということを。その友情とは、ある理想に向けて語られることを拒否し続けるものであることを……。

茨木のり子の詩に、「友あり　近方よりきたる」がある。友を歓待する用意のできていない主人公は、「せめて言葉のシャンペンを抜こう」と決意する。詩の後半部分を引用してみる。

沸騰するおしゃべりに酔っぱらい
ざくざくと撒き散らそう宝石のように結晶した話を
ひとの悪口は悪口らしく
凄惨に　ずたずたに　やってやれ
女ともだちの顫える怒りはマッチの火伝いに貰うことにしよう
このひととき「光る話」を充満させるために

飾りを毟れ　飾りを毟れ
わが魂らしきものよ！
近方の友は
痛みと恥を隠さぬことによって
斬新なルポをさりげなく残してゆく
わたくしもまた
そしらぬ顔で　ぺたりと貼りたい　彼女の心に
忘れられない話を二つ三つ
今はもうあまりはやらない旅行鞄のラベルのように

『見えない配達夫』

この詩には、友情の一つの形が見えている。その形は、「このひととき「光る話」を充満させるために」、私と友が、「魂らしきもの」から、飾りを毟ることによって生まれるものである。私と友の赤裸々な心の交歓は、お互いへの愛情と感情に添って、「光る話」として昇華する。そこに、何ものにも代え難い友情が形作られてゆく。友情には決まった形はないが、友情が形として現れるときには、この詩のように、熱く静かな美しさを湛えている。

これから、私は、さまざまな〝友情〟に逢いにゆく。

1　友情の限界――石川啄木と金田一京助

友情の限界は、誰もが経験することではない。人間関係は、濃厚になればなるほど、それに見合っただけの危険を伴う。これは恋愛についても言える。どのような親密な関係も、幸福の絶頂にあるとき、関係の崩壊は密かに気がつかないところで進行している。関係の崩壊を想像すらできない人は、幸福に浴している今を、素直に感謝するべきだろう。

フランスのモラリスト、ラ・ロシュフーコーは、友情について、皮肉な言葉を書き記している。

友情などと呼ばれているものは、結局のところ、ただの結びつきであり、利害の相互処理や親切の交換にすぎぬ。要するに、自己愛が、何か獲物にありつこうとして、つねに待ち構えている取引関係にすぎぬ。

『人生の知恵―省察と箴言―』吉川浩訳（一九六八年、角川文庫）

このような辛辣な人間観察をする人物とは、それこそ、友情関係を結ぶことは遠慮したいが、彼の言葉にある性格が、友情にないわけではないだろう。しかし、そうではあっても、友情を求めるところに、無垢な人間性は表出し、そのために、私たちは苦しまなければならない。

我が顔に君は恐らく友情の限界を見て微笑して死せり　　金田一京助『錦木抄』
大きなる彼の死を想ひ顧みて我を思ふとき胸裂けむとす　　同
もう君も神さまになりて我などはとうにゆるして笑つていまさむ　　同

この歌は、金田一京助が石川啄木の四十年忌に、「悔恨」というタイトルを付けて作った七首中の三首である。金田一が同郷の啄木に、物心両面において多大の援助をしたことは周知の事実であり、啄木の最晩年に疎隔したことも知られている。疎隔した理由を金田一は、「私自身は、結婚したり、子供をもったり、自分の暮らしに追われたりして、家を成してから随分石川君に背いていた（この事を思うと、今ひとり生残って、友人顔して兎や角云うことは、心苦さを覚える）」と、『啄木余響』収録の「晩年の思想的展開」（『金田一京助全集　第十三巻　石川啄木』一九九三年、三省堂）に記している。

金田一と啄木の別離は、そのような理由だけによるものではなく、啄木が晩年に社会主義思想を先鋭化させてゆく過程で起こったもので、むしろ、思想的な側面が大きかったことが知られている。もっとも、啄木の死後四十年後にこのような悔恨の歌を詠う、金田一の啄木に対する追慕の思いは他人には推し量ることができない。この歌には、同郷の後輩である啄木に、真の友情を求めながら、思うようには果たせなかった悔恨の想いが結晶している。

詩歌の才能にあふれた後輩とはいえ、自己を天才と任じ、強烈な自我を他者に発散した啄木である。その啄木に、自己を犠牲にしてまでも尽くし、それでも啄木への友情が足りなかったとする金田一は、啄木の臨終の場で、啄木から許しを得たというその想いによってのみ、心の平安を得ようとしているかのようだ。金田一の啄木へのストイックな友情のあり方は、明治という時代に生まれた男達の、ホモソーシャルな友情の形を表しているものだろうか。いや、どちらかと言えば、啄木への一方的な想いの方が強く、むしろ、偏愛的に友情を抱いていたようにさえ思われる。

啄木も金田一のことを詠っているが、それは、友情から素直に作られたものではない。むしろ、友情と恩義ゆえに、却って屈折した表情を見せている。

そうれみろ、

あの人《ひと》も子《こ》をこしらへたと、
何《なに》か気《き》の済《す》む心地《ここち》にて寝《ね》る。

石川啄木『悲しき玩具』

この歌は金田一に初めての子供（長女）が生まれたという報せを受け、その返信として葉書に書かれていた二首の中の一首である。前の歌が、

生《うま》れたといふ葉書《はがき》みて、
ひとしきり、
顔《かほ》をはれやかにしてゐたるかな。

であったことを考えると、掲出歌の異様さが際立つ。啄木がこのような歌を金田一に贈ったのは、金田一への屈折した想いが吐露されたからであろう。金田一はそのことを、次のように書いている。

これは、年下の啄木がすでに妻も子もあるのに、年上の私が童貞で居るのは、何か負い目

を感じると言い言いしていた。安産の報を読んで「気の済む心地して寝た」というのである。

「啄木末期の苦杯」より「悲しき玩具」

『金田一京助全集　第十三巻　石川啄木』（一九九三年、三省堂）

友人の初めての子供のお祝いの葉書に、性に関する屈折した想いを、自身に向けて納得させるように歌を書く精神には、友情とはまったく懸け離れた皮肉の入り混じった歪な感情がかいま見える。

啄木は金田一をモデルとした小説を二編書いている。その中の一編の『束縛』では、金田一が啄木にだけこっそり話した秘密までも暴露され、彼が怒ったとき啄木は弁解し、その後すぐに和解した顛末が、次のように書かれている。

「本当はあなたの友情が邪魔になるから、それで、今度は実はあなたを蹴ろうとしたんです。が駄目、駄目、ああ失敗した！」と他愛もなく云うので、私も他愛もなく笑って、「なあんだ」と、結局また元どおりになってしまった。

「蓋平館時代の思い出から　その一」

『金田一京助全集　第十三巻　石川啄木』（一九九三年、三省堂）

この話は一見、啄木の友情の裏切りと、金田一の寛大さが際立つエピソードのように思われるが、実は二人の間に、思想や感情の乖離が進んでいたことを示したものであると考える研究者もいる。啄木の「日記」を確認すると、明治四十二年一月十日に、次のような行《くだり》がある。

束縛！情誼の束縛！予はなぜ今迄真に書くことが出来なかつたか？！かくて予は決心した。この束縛を破らねばならぬ！現在の予にとつて最も情誼のあつい人は三人ある。宮崎君、与謝野夫妻、さうして金田一君。――どれをどれとも言ひがたいが、同じ宿にゐるだけに金田一君のことは最も書きにくい。予は決心した。予は先づ情誼の束縛を捨てて紙に向はねばならぬ。予は其第一着手として、予の一生の小説の序として、最も破りがたきものを破らねばならぬ。かくて予は（束縛）に金田一と予との関係を、最も冷やかに、最も鋭利に書かうとした。（以下略）

『石川啄木全集　第六巻　日記Ⅱ』（一九七八年、筑摩書房）

啄木にとって金田一との友情は複雑なものであった。啄木直筆の「借金メモ」によると、啄木は金田一から当時のお金で百円の借金をしている。これはこの日記に名前が記されている「宮崎君」、すなわち、友人の宮崎郁雨からの借金、百五十円に次ぐ高額である。

金田一が着々と学者としての実績を高め、社会的な地位を築いているのを傍らで眺めて、天才を自任する啄木が心穏やかで居られるはずはない。そこには、後年の決別の主因とされる思想的な疎隔もあるだろうが、この時点では、心情的な問題の方がウエイトを占めていたと思われる。啄木の異常なまでのプライドの高さは、次の歌に見ることができる。

一度《いちど》でも我《われ》に頭《あたま》を下《さ》げさせし
人《ひと》みな死《し》ねと
いのりてしこと

『一握の砂』

金田一の友情に対して、啄木は友情を、意識的に自己の負の側面に引きつけ、過剰なまでに反応することで、自己改革に利用しようとした形跡がある。いずれにしても、啄木という厄介な存在に、真の友情を実践しようとした金田一の「友情の限界」には、友情の本質を改めて考えさせる要因が内在しているだろう。

2　友情の本質——与謝野鉄幹と北村透谷・薄田泣菫／石川啄木と土岐善麿

短歌の背後に友情の本質が隠されていることはあっても、短歌で友情の本質が直接詠われることはないだろう。友情の本質を直接語ることは、短歌という表現には向いていない。仮に友情の本質を短歌で表現することを試みたとしても、その本質が容易に素顔を見せることはない。第一に、友情の本質は確定的な概念であるには不確実な要素が濃厚であり、時代や文化的な差異と共に、各自の固有の問題が避けがたく影響を与える。

萩原朔太郎のアフォリズム集『虚妄の正義』は、「友情の本質」について、次の書き出しで始まっている。

> 性格の類似ではなく、ある反対が、最もよき友情を結びつける。なぜだろうか？　類似の性格は、互にその欠点を対手に見出し合うからである。自分に所有していないものは、友もまた所有していない。そして自分に呪わしきもの、厭らしきもの、腹立たしきものを、それの醜き反射に於て、友の鏡の中に見るからである。類似の性格は友情しない。

しかしながら我々は、もとよりまた自分と交渉なきもの、さらに性格の一致がなく、共通のない者等とは友誼し得ない。

『虚妄の正義』（一九九四年、講談社文芸文庫）

朔太郎の慧眼は、友情の本質の裏側まで見据えているようである。このような慧眼の持ち主とつき合うには、創作の才能だけではなく、それ相応の覚悟が要求されるだろう。また、その覚悟のない者に、容易に近づけるものではない。

与謝野鉄幹には詩友を詠んだ歌が多く残されているが、その歌を読むと、鉄幹が求めていた友情は、詩において志を同じくすると自分が認めた者に対してである。

詩友北村透谷を悼む。

世をばなど、いとひはてけむ。詩の上に、
　おなじこゝろの、友もありしを。

与謝野鉄幹『東西南北』

北村透谷の三周忌に。

君逝きて、わが思ふ歌は、世に出でず。
　かくて三とせと、なりにけるかな。

同

北村透谷が明治二十七年に二十五歳で自死したとき、鉄幹は二十一歳であった。透谷と鉄幹の間に、友情と言えるほどの交情があったわけではない。鉄幹は明治二十五年に独力で刊行した文芸誌「鳳雛《ほうすう》」に、透谷に寄稿を仰いでおり、詩における同志として透谷への思いが強かったことが推し量られる。一首目の追悼歌では、透谷の自死を厭世的な理由によるものと解した鉄幹が、詩の同志を失った哀しみと喪失感を詠っている。二首目は、透谷の死により、自分が理想とする詩歌が世の中に出現することがなかった三年間の喪失感を詠いながら、透谷の詩才への顕彰と哀悼の意を歌に込めている。

透谷の死に哀悼を込めたこれらの歌は、透谷への友情を直接語っているものではない。しかし、詩の志において鉄幹が透谷に寄せた思いには、詩を仲立ちとした友情の本質がかいま見えている。直接的な交情がなかったことで、かえって、詩友としての純粋な友情の本質が内包されていると言えなくもないのである。

詩に痩せて恋なきすくせさても似たり年はわれより四つしたの友　（泣菫君と話す）　『紫』

この歌は、明治三十三年の夏に、初めて詩人の薄田泣菫と大阪で会った後に作られたものである。この年の六月、泣菫は、愛妹と呼んで兄のように接していた隣家の少女が、婿養子を迎えたことによる失恋を経験している。鉄幹が「恋なきすくせ」と詠っているのはそのことを踏まえたものである。鉄幹は、泣菫と自分の間に、詩と恋への共有した思いがあることを感受し、同志としての眼差しをもって、親しみを込めて詠っている。詩に生き、恋に生きる自分と、同じく詩と恋に苦悩する泣菫との初対面にして、余人には図りがたい交友から生まれた歌であろう。その後の二人の友情の本質を想像させられる。

鉄幹は、泣菫の第一詩集『暮笛集』が明治三十二年に刊行されたとき、『暮笛集』讃美の詩を贈り、「鉄幹君に酬《むく》ゆ」をもって、泣菫はそれに答えている。また、泣菫は、明治三十三年四月に創刊された「明星」に寄稿しており、初対面以前にも、二人の交友には、詩歌を通した友情の深まりがあったことが知られる。

鉄幹は、「人を恋ふる歌」の第一連に、「友をえらばば書を読んで／六分の侠気四分の熱」と自己の理想とする友人を詠っている。透谷や泣菫が、そのような理想を体現している人物であると、鉄幹が確信していた確証はない。しかし、詩友である二人に、友情の本質を込めようとした思いは、これらの歌から伝わってくる。

萩原朔太郎は、先に引用した文章に続けて、「気質的の詩人」と「気質的の俗物」とは、決してよく親密にはなれないだろうと、次のように書いている。

真の献身的なるよき友情は、そうした別世界からの反対でなく、同一性格の中に存在している、二つの矛盾から生ずるのである。即ち自分が切に意欲し、熱望して居りながら、しかも自分にそれを所有してないもの、所有すべく自己の柄《がら》にないものを、他人の性格の中に見出す時、そこに同性間の愛を結びつける、或るプラトニックな、強い友情が湧いてくる。かく友情の成立は、自立の所有におけるあこがれを、対手の所有の中に見ることである。(中略)昔の希臘人や羅馬人は、友情に於てのみ、生活の最高な「詩」を求めていた。

*

石川啄木と土岐善麿の友情の間には、思想の共有と相互の短歌への共感があった。晩年の啄木が社会主義思想に接近し、革命家やテロリストに心情的な共感を寄せた詩や短歌を書いたことは、よく知られている。啄木と出会った頃の善麿も、啄木ほど影響は受けなかったものの社会主義思想に憧れを抱いている。
また、善麿のローマ字三行書き歌集『NAKIWARAI』に啄木は共鳴し、それまで一行書きだった短歌を、歌集編集のおりに三行書きに改めてもいる。

革命を友とかたりつ、
妻と子にみやげを買ひて、
家にかへりぬ。

土岐善麿『黄昏に』

友《とも》も、妻《つま》も、かなしと思《おも》ふらし――
病《や》みても猶《なほ》、
革命《かくめい》のこと口《くち》に絶《た》たねば。

石川啄木『悲しき玩具』

この二首は同時期に同じ素材を詠った二人の歌である。どちらの歌も、社会主義革命への夢を語り合う姿が背景にある。また、三行書きという形式も同じだが、歌の性格は異なっている。
一首目の歌、啄木の病床を訪れた善麿は、革命についての理想を熱く語り合う。しかし、啄木の病床を去れば、家族への愛情を注ぐ良き家庭人としての姿に返る。善麿の態度には、革命の夢に憑かれた自身の家族への贖罪のようなものも感じられる。

二首目は、病床にあってもひたすら革命についての理想と希望を語る自分（啄木）を、友（善麿）も妻もあわれと思っているらしいと詠った、自身への自嘲を帯びた哀感の漂う歌である。

善麿と啄木の歌から二人の友情の本質を探ることはできない。しかし、彼らの歌から二人の友情の本質を想像することはできるだろう。社会主義革命の理想の共有と、短歌文体革新への共鳴、この二つの要素は、二人の心理的な面に作用して、友情の本質にも反映している。また、家庭人としての二人の性格の違いが、かえって、友情を濃密なものにする要因の一つにもなっている。啄木と善麿は、お互いにないものを相手に見ることで、友情を深め合ったのではないかと思われるのである。

3　孤独と友情 ——斎藤茂吉と吉井勇

人は孤独な状況にあるとき、友人への思いを募らせ、友情の意味を確かめるものかもしれない。孤独な状況であればこそ、普段は気にとめていない友情を意識することもあるだろう。孤独でなければ、友情の真の意味が理解できないのであれば寂しいが、孤独なるが故に、友情の持つ崇高さに触れることができるのならば、孤独であることの豊かさが友情とともに花開くこともあるだろう。孤独と孤高は、一見非なるものである。しかしながら、友情の持つ崇高さに触れることができる孤独には、孤高なる精神を持する力が内在されている。孤独と友情が、豊かなる関係を築けるかどうか、それは、人間存在の本質に関わる問題でもあるだろう。

アベル・ボナールの『友情論』(大塚幸男訳、一九九六年、中公文庫)には、孤独と友情についての印象的な言葉がある。

われわれは孤独となる危険のある高いところにおいてしか真の友人たちに出会えないということこそ、この友情という感情の悲劇であり、美である。

(第一部)

＊

真の孤独な人はみずみずしさを失わないでいることができる、というのは真の孤独な人には多くの方策が残されているからである。もし彼が詩人であれば、人間を越えて友情を結ぶという美しい力が残されている。

（第一部）

＊

真の友は、ともに孤独な人々である。

（第二部）

＊

お前はよく承知しているだろうね、お前の友情はお前の恋愛と同じように、お前の孤独の蜃気楼《しんきろう》にすぎないことを。

（第四部）

＊

私は、アベル・ボナール以上に、「孤独と友情」の関係を、美しく、また、儚く語れる人を知らない。

昭和六年二月に上梓した『短歌入門』の掉尾に、吉井勇は次のように記している。

不図この稿を書きかけて去年私が書いた「林間日記」を見ると、こんな文句があるのが目に留まりました。『自ら炊ぎて自ら食ひ、執筆と読書と思索とに、世の風塵を忘れむとす。友来るも可、来らざるも可。本来の孤独こそ今は楽しき境地なるべき。風声を聴きつつ自ら傷む歌を作る。』

これを読んで私は今更のやうに、歌と云ふものが「孤独の芸術」であると云ふことを、深く考へないではゐられなかつたのであります。

大正末年から昭和初期の吉井勇は、結婚の失敗などにより、生活は荒廃を極め、流離三昧の孤独なものであった。そのことが、「林間日記」に反映していることは容易に理解できる。しかし、『短歌入門』の掉尾の言葉として引用していることが、私には、いささか異様に思われた。勇は、孤独である処から生まれてくる歌、いや、孤独であることの中からしか生まれ得ない歌に、芸術としての価値を見定めている。これはもう、短歌入門を志す者への導きの言葉ではない。自己の存在観にもとづく、創作者としての信条を語ったものである。短歌が「孤独の芸術」であるからこそ、尊いのだという認識と、さほど遠いものではないだろう。
昭和二十年二月から同年十月まで、富山県八尾町に疎開していた吉井勇は、流寓中の寂しさから、諸先輩諸友に宛てて、多くの消息歌を送っている。その中の一つに、斎藤茂吉に宛てた、次の歌がある。

童馬山房　斎藤茂吉君に

なつかしき童馬《どうば》山房《さんばう》消息《せうそく》を幾月《いくつき》か見ず夏は来にけり
白髪《しらかみ》となりやしつらむ友おもひその歌読めば寂しも吾《われ》は
長崎の夏汀《かてい》の家《いへ》の酒《さか》ほがひ友と酔ひしもすでに昔か
ここはしも蔵王《ざわう》にあらね採《と》りて来《こ》し山独活《やまうど》の香も友を恋はしむ
乞《こ》ひ祈《の》みぬいかにこの世のくだつとも童馬山房焼けざれとこそ
観潮楼《くわんてうろう》歌会《かくわい》のころのおもひでも涙を誘ふばかり古《ふ》りぬる
友も吾《われ》も老《おい》の境《さかひ》に入りぬらしこのごろの歌とみに寂しく

『流離抄』

この吉井の歌に対して、山形県大石田に滞在中の茂吉は、五首の返歌によって応えている。

吉井勇に酬ゆ

なほ臥《こや》るわが枕べに聞こえ来《こ》よ君住む京の山ほととぎす
観潮楼に君と相見し時ふりてほそき縁《えにし》の断えざるものを
おもかげに立つや長崎支那街の混血をとめ世にありやなし
ひそかにも告げこそやらめみちのくに病みさらぼひて涙ながると
老びととなりてゆたけき君ゆゑにわれは恋しよはるかなりとも

『白き山』

二人に親密な交友関係があったわけではない。むしろ、勇と茂吉が、このような歌を送り合ったのには意外の感がある。老境や身体の衰え、流離の思いからわき上がる哀感が、お互いにこのような歌を書かせたのであろう。だが、これらの歌の底には、二人の孤独な心が温かく交感し合っている。

茂吉と勇の交友は古く、明治四十三年の観潮楼歌会に始まる。そのことを踏まえた歌が、勇の六首目、茂吉の二首目に見える。茂吉の歌にある「ほそき縁」という言葉が、二人の交友の性格を物語っていよう。茂吉と勇との交友が、細々とではあるが、途切れることなく続いていたことを彷彿とさせる。

勇の三首目の歌は、大正八年に、当時、長崎医学専門学校で教鞭を執っていた茂吉を訪ねたときのことを回想したものである。茂吉の三首目の歌も、そのときのことを踏まえている。勇は、茂吉を長崎に訪ねたときのことを歌に残している。

長崎に来てはや三年経《みとせ》ぬといふ狂人守《きやうじんもり》の茂吉かなしも
長崎の茂吉はうれし会へばまづ腎《じん》の薬をしへけるかも
病みあがりなれど茂吉は酒酌みてしばしば舌を吐きにけるかも
『夜の心』

勇の歌には、万葉的な詠嘆の調べがあったとはいえ、作風の違う二人が長きに亘って友情を温めていたのは、二人の孤独な心が、歌作を通して交感し合っていたからではないだろうか。そこには、お互いの歌への理解があったからに相違ない。孤独な創作者同士が育んだ、「ほそき縁」による友情であろう。

茂吉の死後に書かれた勇の随筆、「交友縷如し」より引用する。

今から考へて見ると、かうした茂吉君と交りを結んだことは、一種の芸術的機縁であつて、思ひ出すだけでも心持がいい。しかしその後五十年近い交友の間に於て、親しく打ち解けて行動を共にしたのは、いろいろ思ひ出して見てもたつた一度しかない。

そのたった一度の交友というのが、茂吉を長崎に訪ねたときのことである。親しく打ち解けた交友が一度しかなかったにも関わらず、先のような歌による交歓ができるところに、ボナールの言う、「人間を越えて友情を結ぶという美しい力」を、私は見たいと思う。

昭和二十四年に、山陰方面への旅の途中に勇を訪ねた茂吉を、勇は、随筆「茂吉随聞」に印象深く描いている。茂吉への友情の思いが、孤独感とともに凝縮された文章である。二人の間に、「ほそき縁」の断えなかったことが、最晩年の二人の交友を、静かな深みのあるものにしている。

昭和三十一年九月に出した私の歌集「形影抄」の中には、その時の歌が二首載っている。それは、「はるばると来し友の髯見つつゐてしばらく黙す京のしづけさ」「髯白の茂吉おきなが玄関に入り来る跫音今日も聴こゆる」、というのであるが、何のために私は、茂吉君の白い髯を見ながらしばらく沈黙していたのであろうか。今読みかえして見るとその沈黙には、無限の哀愁が感ぜられる。

4　友情の美点――玉城徹と級友／岡井隆と相良宏

友情の美点を数え上げることはたやすいが、その美点を実感することは、幸福なときよりも、不幸なときの方が多いものかもしれない。幸福なときには気づかないものを、不幸なときに気づくことはしばしばある。不幸なときに気づくものほど、生の必然性にもとづくものであることも多い。不幸なときに友情の美点に触れることは、暗闇の中で一筋の光に出会うことにも似ている。

友情の美点などと真正面から語り始めると、いささか説教臭い話になりそうだが、キケローはその著書の中で、ラエリウスの言葉として、次のように記している。

友情は数限りない大きな美点を持っているが、疑いもなく最大の美点は、良き希望で未来を照らし、魂が力を失い挫けることのないようにする、ということだ。それは、真の友人を見つめる者は、いわば自分の似姿を見つめることになるからだ。それ故、友人は、その場にいなくても現前し、貧しくとも富者に、弱くとも壮者になるし、これは更に曰く言いがたいことだが、死んでも生きているのだ。その者たちを友人たちのかくも手厚い礼が、思い出が、哀惜の念を見送るところから、逝く者の死は幸せなものと、残された者の生は称えるべきものと見えるのだ。

『友情について』中務哲郎訳（二〇〇四年、岩波文庫）

キケローの説く友情の美点は、あまりにも理想化され、美しすぎる。古代ギリシャやローマでは、そのような友情が存在し得たかもしれないが、今では現実離れしている。だが、友の死を思う追悼の歌に、言葉にはしがたい友情の美点が耀いているのを、私たちは感受することができるだろう。哀惜の念と分かち難く、はっきりと指摘はできないまでも、確かに友情の美点として、心の中に静かに息づいている。それとは気づかないまま、友人は死んでも生き続けていることを、哀惜の感情とともに気づかされるのである。

玉城徹の第二歌集『樛木』を読んでいて、友人を追悼した次の歌に目を留めた。

青山学院中学部の友人、浅見復活

蒼うみに沈みつつゆくわが友の若きむくろを思はずかあらむ

「亡友を憶ふ」

いくたりの友死なしめしたたかひの後を長病み逝きにしあはれ

のこぎりを挽く手をともに休《や》めし時ゲーテの顔を言ひ出でしかな

対ひあひ昼をしみらに船材の丸太挽きにきたたかひの日に

同じく二高の級友、赤城茂利

あかく銹びへし曲りたる軍刀をたたかひ過ぎし後に目守《まも》りき

第二高等学校の級友、平井聖

戦争や長病みに死んでいった友への、哀惜の念が深いこれらの歌に、表立った友情が込められているわけではない。だが、そうは思いながらも、忘れがたき友情とともに、悲しみがいや増す姿を読み取ったとしても、咎められることはないだろう。若くして死んでいった友たちと同様に、向き合わなければならなかった戦争……。戦後の苦しみの中で、悲しみとともに甦る亡友への想いが、友情の思い出に彩られてゆく。それを打ち消す理《ことわり》など、どこにもありはしない。いや、深い悲しみゆえに、友情はかえって美しく彩られる。戦争や、長病みによる若き死は不条理だが、多くの死に遭遇した後に、戦後を生き続けることが、不条理ではないと誰に言えるのだろうか。「逝く者の死は幸せなものと、残された者の生は称えるべきものと見え」てくるまでに、私たちはどれほどの哀しみを、迎え入れなければならないことだろう。
「亡友を憶ふ」の前には、「死者たちの友として」と題された、次の歌が配されている。

齢《よはひ》若く死にせむものと言ひにしも思ひみがたくなりにけるかな
よき人のとりわきて良きが亡びしとそぞろ寂しきに思ひ堪へめや
わが上に滴り落つるくらやみを営むるが如くありとし告げむ　　「死者たちの友として」

多くの同窓を戦争によって、亡くさなければならなかった玉城の口惜しい憶いと哀感が、これらの歌には内包されている。「死者たちの友として」ある己とは、その死の彼方に存在する美しい友情が、死者と彼とを結びつけているからであると思いたい。それは、私の勝手な感傷に過ぎないのかもしれない。だが、友情の美点の耀きが、死者と生者を結びつける至高の瞬間があることを、私は信じたいのである。

岡井隆の第一歌集『斉唱』（一九五六年、白玉書房）には、病により夭逝した「未来」の盟友、相良宏を追悼する連作、「野葡萄挽歌——故相良宏に」が収録されている。岡井と相良との関係は、友情という言葉だけには集約できない複雑さに彩られている。二人は創作上の身近なライバルであり、恋愛をめぐってもライバル関係にあった。この連作には、そのような要素が反映しているだろう。だが、それにはとどまらず、挽歌の創作に到る動機の根源に、友情の美点が存在していることを想像させられる。連作の中から、次に六首を引用してみたい。

友人簿からわれの名を消し去ると総身《そうしん》最後の汗にまみるる
喪の列の発ちたるあとに来て立てば捧げ得るものは一塊《いっかい》の罪
これを受けて溢れさす手はもはやない房《ふさ》重ねあう晩夏の木《こ》の実
鏡のなかで死んでいるのは誰であるか青々とただ空虚なる部屋
Bacillus の鎖骨のうらの斉唱《せいしょう》をわが声和すと思いて聴きしか
野葡萄を搬ぶ異装の一隊にまぎれて天に向いしとのみ

一首目と五首目は、「相良の身になり心になつて歌つた」と、岡井は後に回想している。五首目の「Bacillus《バチルス》」は、結核菌のことを指すという。
相良への友情を、文学に邁進する純粋な魂の、短歌による激しいぶつかり合いの中で生まれたものと想像してみる。すると、これらの挽歌ほど、友情の形を、素《す》のままで、雄弁に物語っている歌はないと思われてくる。岡井の相良への友情は、挽歌を介して姿を現し、悔恨や嫉妬すらも、詩へと昇華させてゆく。いや、挽歌であればこそ、相良への思いは、葛藤を秘めつつも、その心のままに、友情の形を表してゆくのである。哀惜の念にとどまらない歌には、友人であり、ライバルとして、真剣に向き合った者のみが抱き得る感情が胚胎されている。

友情の美点は、二人の関係が、美しく見えることに特化されるものではないだろう。一見すると、友情とは思われない、内部の葛藤や、苦しみの果てにも、その美点は生まれ得る。この連作は、挽歌という表現形式を借りながら、歌の存在そのものが、相良への友情を象徴的に表している。あまりに、文芸的な友情でありつつ、それゆえに、抑えがたく人間性の滲み出た友情の形ではないだろうか。

岡井は、エッセイ集『太郎の庭』（一九九一年、砂子屋書房）に、相良と自分が愛した女性、福田節子の挽歌に触れて、次のように書いている。

『斉唱』のなかの「小平墓地」は、福田さんの墓地を訪ねたときの歌である。「小心に愛したと奴《やつ》は言うんですよ　快《こころよ》き誤解とおもうが如何《いか》に」という歌が、その中にある。この「奴」

は、むろん相良宏である。「君の死を仲介《なかだち》として深くなる友誼の末もまもり給えな」ともうたったが。この「友誼」というのも、福田さんにふられた男同士の友情という意味で、相良とわたしのことを言ったのだった。

「未来」の同人でもある福田節子の死が、二人の関係にもたらした意味を、友情という観点に向けて類推してみても、その本質に到るわけではない。だが、岡井の歌には、相良への友情の本質が、確かに刻印されているのである。

5　友情は愛に似て――与謝野晶子と山川登美子／三ヶ島葭子と原阿佐緒

トルストイの『人生論』の第二十五章「愛は真の生命の唯一の完全な活動である」は、次の言葉から始まる。

友人のために生命を賭《と》すような愛のほかに愛は存在しない。愛は、それが自己犠牲である時にのみ愛なのである。

原卓也訳（一九七五年、新潮文庫）

トルストイは自己愛を捨て、理性的な意識に生きることによってのみ幸福が得られると考えた。このような、キリスト教的な愛の崇高さに、誰もが生きることはできない。しかし、人生の師のように尊ばれたトルストイが書き残した言葉には、たとえ、それを実践することは叶わなくとも、生きることに向けて、心の傷を癒す力が宿っている。

トルストイの言葉の「愛」は、「友情」と置き換えることはできない。だが、私たちの愛と友情は、明確に区別はできないだろう。そこに、人間性の機微を発見することも可能である。

愛を取るか、友情を取るかという究極の選択を迫られたとき、自己愛と他者への愛がせめぎ合う苦しみを味わうのは、どちらも愛することに真剣であることの証である。生きることに苦しむのは、愛が存在するからであり、それは、自己への愛と他者への愛の間《はざま》に亀裂が生じることによって起こる。愛は奪うものであり、友情は捧げるものだというのは、一つの真理ではあるが、あまりにも図式的に過ぎる。

トルストイは、先の言葉に続けて、次のように書いている。

人が他人に自分の時間や自分の力を捧げるだけでなく、愛する対象のために自分の肉体を酷使し、自分の生命を捧げさえする時、はじめて、われわれはそれを愛と認め、そのような愛のうちにのみ幸福を、愛の報酬を見いだす。そして、人々のうちにそういう愛があるということ、そのことによってのみ世界は成り立っている。

このような愛を発現することは容易ではないと知りながら、偉人の言葉の中だけに、愛の理想を封印することは、人間性の美しい可能性をも否定し去ってしまうことになるだろう。

＊

寺山修司は『ポケットに名言を』（一九七七年、角川文庫）の冒頭に、「言葉を友人に持ちたいと思うことがある。それは、旅路の途中でじぶんがたった一人だと言うことに気づいたときにである」と書いている。言葉には、いいようのない旧友の懐かしさがあると、寺山は言う。

確かに、人は孤独であることに気づいたときに、自分を励ましてくれる言葉を求めるものである。生きるために必要であると深刻に考える前に、喉の渇きを癒してくれる水を求めるように言葉を求める。トルストイの言葉は、人間存在の意味に渇いたとき、私たちの心を潤してくれるだろう。だが、人が幸福を求めて生きてゆくことに対して、これほど厳しい言葉もないのである。

惜しみなく愛を奪うことも、他者のために、その愛をあきらめることもできないときに、名歌が生まれる。どのような解決も望めないとき、私たちはそこに詩を見出すのである。

与謝野鉄幹と与謝野晶子、山川登美子の三人が織りなす愛と友情のありかを、彼らの詩《うた》から受け取るときに、私たちは人間性の純粋さを感受しないだろうか。人には、美しさや醜さに還元できない人間性が内在されている。それを、愛や友情と言ってしまうのにはためらいがある。

が、三人の織りなす詩《うた》による感情のドラマは、他者が容易に立ち入ることを許さない。

山川登美子
利鎌《とがま》もて刈らるともよし君が背の小草のかずにせめてにほはむ
それとなく紅き花みな友にゆづりそむきて泣きて忘れ草つむ
いもうとの憂髪《うきがみ》かざる百合を見よ風にやつれし露にやつれし
矢のごとく地獄におつる躓《つまづ》きの石とも知らず拾ひ見しかな
わが柩まもる人なく行く野辺のさびしさ見えつ霞たなびく
『山川登美子歌集』今野寿美編（二〇一一年、岩波文庫）

＊

与謝野晶子
月の夜の蓮《はす》のおばしま君うつくしうら葉の御歌《みうた》わすれはせずよ　『みだれ髪』
おもひおもふ今のこころに分ち分かず君やしら萩われやしろ百合　同
星となりて逢はむそれまで思ひ出でな一つふすまに聞きし秋の声　同
背とわれと死にたる人と三人《みたり》して甕《もたひ》の中に封じつること　『佐保姫』

挽歌《ひきうた》の中に一つのただならぬことをまじふる友をとがむな　同

*

与謝野鉄幹

君が名を石につけむはかしこさにしばしは芙蓉と呼びて見るかな　「小生の詩」第六号

やさぶみに添へたる紅のひと花も花と思はず唯君と思ふ　同

蓮きりてよきかと君がもの問ひし月夜の歌をまた誦してみる　同

さらば君／ちひさき人／うつくしき人／飽かなくに／朝別れん／白き芙蓉の心のみは／兄と姉の手の上／とこしへ放たじ／とこしへ忘るな　『紫』収録「山蓼」第八連

君なきか若狭の登美子しら玉のあたら君さへ砕けはつるか　『相聞』

若狭路の春の夕ぐれ風吹けばにほへる君も花の如く散る　同

この君を弔《とぶら》ふことはみづからを弔ふことか濡れて歎かる　同

彼らの詩《うた》には、愛の行方が生の証《あかし》として刻印されている。これらの詩《うた》から、三人三様の感情のありかへと思いを沈め、情愛や悲哀を受け取ることも、友愛や愛情の変容を想像することも許されるだろう。三人の生の証として、これらの詩《うた》は、語り得ぬ感情の物語を暗示しつつ、三人の愛と友情のありかを示している。

登美子の最後の二首は、二人への別離の歌とも聞こえ、鉄幹と晶子の登美子への挽歌は、彼女への偽らざる感情の吐露が感受される。

晶子と登美子の間に結ばれた友情を想像するとき、歌から感受される友情の姿は、傷《いた》ましくも美しい。私の感傷的な美化にすぎないと言われるかもしれないが、二人の歌は、女性同士の友情のありかを、哀惜に充ちつつ美しく記念している。実際には、鉄幹との愛恋をめぐり、生生しい感情が横たわっていたのではあろう。だが、歌の世界からは、二人の友愛が、清新な哀感を伴って訴えかけてくる。それは、トルストイの愛の思想からは、遠く隔たるものであり、彼の思想から見出される友情とも、まったく位相を異《こと》にする。

歌人として選ばれてある者同士の邂逅が、その後《のち》に、稀有な友情として結実するためには、鉄幹をめぐる愛の存在が、不可欠であったことを思わないではいられないのである。

＊

女性同士の歌人の友情を語るとき、三ヶ島葭子と原阿佐緒のことが思い浮かぶ。多くの面で対照的な二人であるが、お互いを理解し合う絆の強さにおいて、友情が生涯薄れることはなかった。

遠くきて友のかたへに寝《い》ねてありあかつきがたのかなかなの声
ひたすらに友の語ればわが心いまはやうやくまじめになりぬ
なやみもちて病みゐる友はかつて見ぬさびしき顔をすることのあり
心《こゝろ》離《か》れぬ日ごろのなやみひとときに胸こみあげて泣きいでぬ友は
名を呼べど答《いら》へをなさずわが夜具の襟のけて見し友は泣きをり

三ヶ島葭子『吾木香』

*

かゝる日を今日しも見むと思はめや手も口も利かずなりし吾が友
うつそみの悩みのかぎり堪へ来つる友がいのちよたゞに死なせがたし
静かにあきらめてゐる友のたふとさわれもしかあらむ生きられるだけ生きて

原阿佐緒『うす雲』

葭子の生前唯一の歌集『吾木香』の序文は、友情と尊敬の念を込め、歌への深い理解にもとづいて阿佐緒が書いている。「あとがき」で葭子は、阿佐緒への感謝の思いを綴る。阿佐緒と石原純との関係が、スキャンダラスに取り上げられて以後、彼女は、一貫して阿佐緒の擁護者となり、その心情を深く理解している。また、病を得た友を詠む阿佐緒の歌には、葭子への万感の思いが籠もる。

引用歌からは、二人の友情の一端が、かいま見られるだけだが、歌から感受される二人の交流は、言葉の中からあふれ出るように、私たちの心を打つ。

友情は愛に似て、哀しく、また、厳しくも美しい。

6　友情と恋愛の間《はざま》に――田辺元と野上弥生子／西行と西住

フランチェスコ・アルベローニの『友情論』泉典子訳（一九九三年、中央公論社）に、友情と恋愛の違いを解説した、次のような言葉がある。

恋愛はひとつの出来事であり、筋書きであって、きちんとした出発点がある。二人は電撃的な発見をして、生成の過程にはいる。友情は電撃的に始まるわけではなくて、何度も会ううちにしだいに深まってゆくものだ。

確かに、友情は、時間をかけて育んでゆく性格があり、恋愛のように、明確な出発点や電撃的な発見から遠い存在である。しかし、あくまでも一般的な区別にすぎないだろう。

ここで述べられている両者の性格は、どちらかに偏りはあるだろうが、完全に無関係であるとは思われない。恋愛が友情に変わることは稀であるが、友情が恋愛に変わることは、それほど珍しいものではないだろう。そもそも、恋愛感情が皆無なところに、友情は芽生えるものだろうか。友情には、性愛とは別種の精神性にもとづいた恋愛感情が必要である。

アルベローニは、先の言葉に続けて、次のように述べている。

恋愛には、すべてか無かの法則しかない。ところが友情には、多くのかたちと段階がある。（中略）恋愛が初めから完全であるのにたいして、友情のほうは、いちばんよい関係をめざしてゆく。友情について語るとき、私たちはいつも、理想を、ユートピアを頭に描いている。

なるほど、この点にも首肯できるところはあるが、やはり、一般的な区別にすぎない。

哲学者の田辺元と作家の野上弥生子が交わした往復書簡は、友情と恋愛の間《はざま》を考える上でも貴重な素材である。一九五〇年から一九六一年までに交わされた二人の書簡が、現在、上下二冊の本にまとめられている。この往復書簡には、別紙に短歌や詩を書き連ねたものもあり、詩歌の内容からは、友情を越えた恋愛感情がかいま見える。田辺は妻を、野上は夫を亡くした後の二人の交友は、知性と友情と情愛に充ち、高度な人間性を内在した至高の関係を築いている。

一九五三年九月十九日の野上宛書簡の別紙に、亡き妻と自己との交感（これは田辺の最晩年の思想、「死の哲学」との関連で興味深い）を歌にして初めて送った田辺は、その後、野上に向けた歌を、手紙とともにいく通か送っている。桂園流の和歌の手習いを、十歳ばかりの頃にした彼女も、彼に返歌を送るが、むしろ詩による応答の方に感情の表白が強く現れる。

次に引用する短歌と詩は、北軽井沢に永住している田辺と、冬の訪れを前に、彼の近隣の別荘から、成城の自宅に帰る野上が交わした書簡から抜粋したものである。

謹呈野上夫人

兄か姉かあらずふしぎの縁なり　亡き妻のゆひし友情の絆
君と我を結ぶ心のなかだちは　理性の信と学問の愛
君とわれこの信念を共にすと　思へば固し友情の根よ

一九五三年九月二十九日　野上宛て田辺書簡別紙

先生

寂しさを生きぬく君と知りてあれど　一人おきて去るは悲しかるべし
浅間やま夕ただよふ浮雲の　しづこころなき昨日今日かな

同年九月三十日　田辺宛て野上書簡

新しい星図

あなたをなにと呼びませう／師よ／友よ／親しいひとよ。／いつそ一度に／呼びませう／
わたしの／あたらしい／三つの星と。／救ひと／花と／幸福の胸の星図

同年十一月十一日　田辺宛て野上書簡

野上夫人にささぐ

君に依りて慰めらるるわが心　君去りまさばいかにせんとする
さびしさは腸を喰ふ腹の虫　命吸ひとり絶やさんとする

同年十一月十七日　野上宛て田辺書簡別紙

野上夫人を送る

相会へば別るるさだめの人の世や　またあふ望みに生くる外なし
わをはげましわを慰むる君去りて　孤独の思ひいかに紛らせん

同年十一月二十三日　野上宛て田辺書簡

十一月二十二日には、野上の使いが田辺宅に「詩稿」を持参している。この詩は長いので、題詞と初めの二連のみを引用しておきたい。

「生別の寂しさは／時に死別に劣らじとはいへ／いたづらに／あへて笑つて／作りたる戯詩」
昼と夜と／一日も単数ではないやうに／うつし身とこころと／ひとりのわたしが／ふたりのわたし。左様なら　こころよ／気ままなる娘／これほど誘ひたのんでも／いつしよには帰らないのね／あなたはおとなしかつたのに／だんだん誰かに似て来たわ。（以下略）
『田辺元・野上弥生子往復書簡（上）』（二〇一二年、岩波現代文庫）

このときの二人の書簡からは、知性と人間性の豊かさに裏打ちされながら、友情と恋愛の分かち難い至高の関係が、しだいに育まれ、深まってゆくことが感受されるだろう。それは、友情か恋愛かという意味を超えた、崇高な魂の交流とも言えるものである。相互への敬愛の念から発した感情に、友情と恋愛の美しい融合が成就されているのである。二人の交流を知れば、アルベローニも、先の見解に新たな意味をつけ加えることになるのではないだろうか。友情と恋愛の違いを強調するだけではなく、友情と恋愛に通底する純粋な精神の交感を、詩的な言葉によって記すのではないかと思われる。

その後の往復書簡では、二人の間に詩歌が親密に取り交わされることはなくなる。だが、二人の関係に、愛情と崇高さを深める契機として、このとき取り交わされた詩歌の役割は、とても重要なものであったに違いない。田辺と野上の交流は、友情と恋愛の間《はざま》に、形而上的な美しい華を咲かせているのである。

＊

無二の友人同士であった、西行と西住が交わした歌は、まるで恋の歌のような趣を持っている。この二人の交流も、友情だけに特化することのできない、感情の奥深さを秘めている。

高野の奥の院の橋の上にて、月あかかりければ、もろともに眺めあかして、その頃西住上人京へ出でにけり。その夜の月忘れがたくて、又おなじ橋の月の頃、西住上人のもとへいひ遣しける

こととなく君こひ渡る橋の上にあらそふものは月の影のみ

かへし

思ひやる心は見えで橋の上にあらそひけりな月の影のみ　　西住上人

佐佐木信綱校訂『新訂　山家集』（一九二八年、岩波文庫）

西行は、今さら説明するまでもないと思うが、西住がどのような経歴の人物であったのか、簡略に紹介しておきたい。西住は、俗名が源季政、在俗時には右（左）兵衛尉であり、『千載集』に四首入集している勅撰歌人で、真言宗系の僧であったことが知られている。

中世文学者の山村孝一によると、在俗時に本仁親王（後の覚性法親王）の侍所に仕え、徳大寺家と関係が深く、西行よりも十ないし十五歳年長ではなかったかという。

夏、熊野へまゐりけるに、岩田と申す所にすずみて、下向しける人につけて、京へ同行に侍りける上人のもとへ遣しける

松がねの岩田の岸の夕すずみ君があれなとおもほゆるかな　前掲書

山村は、西住が年長であることを加味して、二人の関係は兄弟のようなものであったと考察している。が、先の歌や、この歌を読む限り、二人の関係に友情を読み取りつつ、ホモセクシャルな感情を感受することも不自然ではない。西行と西住は、お互いに同行の修行者として、相手のことを敬い、恋い慕いながら、無二の親友としての理解を深め合ったのだろう。二人の深い友情に、恋愛に見られるような心の交流があったことが、残された歌からは、芳しく立ちのぼってくるのである。

7　友情を包む光――岡井隆と米田利昭

アンドレ・ベルノルドの『ベケットの友情』安川慶治・髙橋美帆訳（二〇一一年、現代思潮新社）には、友情に関する美しい言葉が記されている。

友情とは、それがありそうにないもの、歴史をもたないものであるとき、なんと神秘的であることか。その場所はかすかな光に包まれている。かすかな光、どこに光源があるのかわからない光に包まれている。友であった二人そのものが光源であると見紛うほど、光は遠くからやってくる。

サミュエル・ベケットの生前最後の友人であったベルノルドは、ベケットの晩年の約十年間の友情を、この本に記録している。若いベルノルドにとって、ベケットとの友情が、どれほどすばらしいものであったのかは、先に引用した言葉からだけでも、容易に想像することができるだろう。友情を包む光は、得難い二人の魂の交感から生まれたものである。

ベルノルドは、ベケットとの友情を書き記す前に、モーリス・ブランショの『友愛』から、次の言葉を引用している。

もっとも近い者たちは、かれらにとって近さであったものしか語らず、近さのなかに際立っていた遠さを語らない。そして、遠さは現前が失われるとともに失われてしまう。

ベケットから差し出された近さは、はじめから現前に依存しない遠さを宿していたと、ベルノルドは記している。それがまるごと住みつき、今なお消えようとしないと回想しているのである。

このような稀有な友情は、運命的な出会いと、奇跡に近い関係から生み出されたものであろう。他者には、はかり知ることのできない友情を前に、彼らの崇高な関係を讃えることに、何も障害はない。だが、友情が常に危機を孕んでいることも事実であり、そこに、友情の本質を見る人もいる。

岡井隆の第二十九歌集『ネフスキイ』（二〇〇八年、書肆山田）に、次の歌がある。

友情はある年齢《とし》を越えては生きられぬ蝶の齢《よはひ》をおもふその羽《はね》
ほんたうは微《かす》かな音だ友情が焼き捨てられる炎の音だ

一首目は、友情と年齢の関係を詠ったものだが、そこには、岡井の苦い体験が込められているのだろう。年齢に呼応して、友情にも命数があると詠う岡井の感慨が印象的である。この歌は、友情の命数を蝶の齢に重ね、その羽に焦点を絞ることで、友情の美しさと儚さを詠っているのだろうか。あるいは、蝶の羽の変わらぬ美しさと、蝶の短命を思うことに、友情への寓意を見いだしているのかもしれない。これは、老いへの眼差しから生まれた歌であり、友情の終焉という感慨自体が、詩の表現へと昇華されている。

二首目は、一首目よりも、さらに苦い友情への思いが詠われている。友情にも命数があるという感慨から、友情が焼き捨てられるというリアルな描写への展開には、実感的な重い内実を感受することができる。岡井は、この歌が創作される以前、「未来」誌上に「鷗外・茂吉・杢太郎――『テエベス百門』の夕映え」を連載していた。この三人の足跡をたどる中で、友情についても書き記している。木下杢太郎（太田正雄）と山崎春雄の友情は、先の二首に直接関わりがあるわけではないが、友情と年齢との関係を考える上で、思い起こされるエピソードである。

亡き友の書き残したる文よみて宵から夜へ時《とき》濃かりける

岡井の第二十二歌集『E／T』（二〇〇一年、書肆山田）から引用した。亡き友が、具体的に誰を指すのかは分からないが、歌の内容から類推すると、未来短歌会の初期同人か、歌人仲間ではないかと思われる。亡き友人の書き残した文章を手に取りながら、友人との関係と、来し方を回想しつつ、今へと到る思いを深くしている歌だろう。下句の表現には、万感の思いが込められている。

実は、この歌が作られたころ、岡井の古くからの友人であり、未来短歌会の初期同人でもあった、米田利昭が亡くなっている。この歌が、米田のことを詠ったものかどうかはわからない。ただ、『E／T』と同時期の歌が収録された、第二十三歌集『〈テロリズム〉以後の感想／草の雨』（二〇〇二年、砂子屋書房）には、米田を追悼した連作、「米田利昭夫人の文に接す」が収録されている。米田夫人の手紙とともに、米田の遺文集が恵贈されたことが、この連作を作る契機であった。

岡井は、米田の土屋文明論を高く評価しており、追悼歌の一首目を、「美しく筋《きん》働かせて「太平洋戦争下の土屋文明」掘り上げし米田」の歌で始めている。米田の遺文集からは、『E／T』の先の歌が連想されるが、あくまでも想像の域をでない。

つぎつぎと本作る友を嫉《そね》みつつおのれもつぎつぎと厚き本書きぬ
米田ほど正直にわれはなれぬ、されば米田に借りておもひを述べる
曙を彩るはわづかな色でよく夕暮れはじつに多彩、人生《ひとのよ》
だれかあぐる滑車につれてわが内に涸れてゆく井戸、などと思ふな

岡井と米田の間には、相互に信頼し合うところと、譲ることのできないライバル関係があったことが想像される。特に、未来短歌会に米田が所属していた頃は、お互いに若く、その思いが強かったのではないだろうか。歌から読み取れる、岡井の米田への屈折した意識が印象的である。岡井は亡き親友、米田を思いながら、自己に向き合った内省的な連作を創作している。歌人というよりも、研究者であった米田への思いは、友情の一般的な概念からは遠いだろう。むしろ、ライバルであると認めることで成り立つ友情であったと思われる。

岡井の同行者への友情は、強烈なライバル関係の内部に成立する。その典型が、塚本邦雄である。未来短歌会の初期同人では、田井安曇（我妻泰）のことが思い浮かぶ。このような、同行者同士の友情のあり方は、現在ではあまり見られない。相手をライバル視しながら、盟友として信頼し、短歌表現の理想を、共に希求するなかに友情を見出す。言葉にすると美しいが、そこには、対立や危機が常に孕まれている。だが、対立や危機があることで、友情の本質は、真の耀きを増すのではないだろうか。親密さや物理的な距離に比例する友情ではなく、遠く離れていたとしても、相手の存在そのものに、刺激され励まされる友情である。

友情の光に、常に包まれている者は、友情の命数について知ることはないだろう。しかし、友情の命数を語る者は、友情の光が危機や困難の先からも届くことを感受することができる。果たして、どちらが幸せなことなのかはわからない。

亡き友の遺著また届く師走かな

上林暁の句集『木の葉髪』（一九七六年、永田書房）に収録された一句である。短編小説作家であった上林のこの句には、寂寥の思いが強いが、亡き友の遺著からは、友情の光が届いていたことだろう。文学に志した者同士に通じ合う友情が、遠くからの光に包まれていたことを思うのである。友人の死によって消え去ることのない光は、遺著を通して上林の心を寂《しず》かに照らす。

亡き友人との友情に、光あれと呟くことは、誰にも許されているものなのではないだろうか。ベルノルドは『ベケットの友情』の最後に、次のように記している。

どうやら、こうして物語は閉じられる——友の死を悼む言葉で。友は去り、消失のまわりに友情が残される。無条件に、そして果つることなく。ベケットの最後の手紙が力強く語っているのはそのことだ。(中略)

その日、その日々はおそらくもうない。しかし、わたしはあの目を、あの手を、あの皺を見たのではないか。ひとりの使者の、——いや、あえて言おう——ひとりの天使の、目を手を、皺を。わたしは霧のなかに断ち切られた橋を見た。「どうやったってどこだって。時も悲しみも私なんていうものも。ああすべては終わる」。かれは壊れた橋を渡りきったことだろう。ああ、世界は終わってしまう。

8　夭折と友情——小中英之と小野茂樹

全共闘世代のカリスマ作家、高橋和巳のエッセイに「文学と友情」(『高橋和巳全集』第十四巻収録、一九七八年、河出書房新社) という小文がある。この文章の書き出しは、次の一文で始まる。「古く中国では詞華集を編んで採録作品が同時代にも及ぶとき、友人知己の詩文を意識的に優遇するのが道徳であった」。それは、「人間の愛情というものには自然な位階があるべきであり、たとえば近きより遠きに及ぼすべきものであるとする儒家の確固たる倫理」にもとづくものであるという。そして、「文学もまたその確固たる人間道徳の枠内にある」と強く意識されたからであると続く。

高橋は、この考え方を近代的な科学的批評と真っ向から乖離《かいり》するが、それが密かに行われるのではなく、何人も守るべき道徳として一つの社会で普遍的であれば、それはそれで、公的な意味を持つと考えているとも書いている。だが、すぐれた批評家でもあった高橋の真骨頂は、この話題の後に、次のように記していることにある。

自分にとって自分はつねに必ずしも十全に自明ではないけれども、さいわいにして、批評は対象の開示であると同時に、自己自身の開示でもある。そして批評の責任性は、対象を判定する眼力が同時に自己開示にもなっている点に根拠をもっている。つまり、ある作品を推すことは、その推したものを通して、批評者自身がながめられることを許容することを意味する。また、ある文学外の理由から一つの作品を褒貶《ほうへん》すれば、その人自身は、その同一の論理によって褒貶されることをみずから認めたことを意味する。

真の友への友愛の情は、何物にも代え難い貴重なものではあるが、その尺度を文学テクストの評価軸に導入した場合、それと同様の価値観に褒貶されることを自ら認めたことになる。もっとも、家族への情愛や友情に深く関わりを持つ評価が、その集団の普遍性にもとづくものならば、公的な意味の付与がなされるということでもあろう。

高橋が、六〇年安保の時代に、「文学と友情」を書いた意図を忖度することに、私はさしたる興味はない。が、この文章の最後を、次の言葉で締め括っていることを、重く受け止めるのには、いささかの躊躇《ためら》いもないのである。

情愛の論理に従うものは情愛の論理に死す。権力や資本の論理にもまた、それぞれの論理の表と裏、生と死があろう。知己の理解にのみ生きた伯牙が鍾子期の死んでのちおのれの琴の弦を断ったごとく、もし人あって、みずから一つの論理によって立つことを表明し、その同じき論理によって死ぬのであればその論理のかたちはどうあれ、それはそれでいいと私は思っている。

文学と友情の関係には、ストイックな様態が自然にともなうものだと思っていたが、そうとばかりは言えないだろう。その意味でも、高橋のエッセイは示唆に富んだものである。しかし、今一度この文章を読み返してみると、文学者としての姿勢と覚悟が伝わってくる。今さらながら、三十九歳で夭逝した高橋和巳の死を惜しまないではいられないのである。

＊

友人の死を詠った短歌は数多くあるが、私が短歌を作り始めたころに、強く印象に残ったのは、高野公彦が、小野茂樹（交通事故により三十三歳で早世）を哀悼した、次の歌である。

なきがらのほとりに重きわがからだ置きどころなく歩くなりけり　『汽水の光』
火の中にしんとこぼれし死者の歯の白さをおもふ再び思ふ　同
雨の夜の坂のぼりつめ君が見し最後のひかり我は思ひぬ　同
みづいろのあぢさゐに淡き紅さして雨ふれり雨のかなたの死者よ　同

対立による別離には、感情のわだかまりはあっても、その怒りのやり場に困ることはない。しかし、友愛の情を断ち切るものとしての突然の死は、悲しみのやり場をどこに求めることができるのだろうか。高野の歌は、やり場のない悲哀を内包しつつ、盟友の死に向き合う自己を、短歌の力で言葉の内部に賦活させた。友人の死を受けとめかねる思いが、短歌の言葉に生命を宿してゆく。短歌を作りはじめて日の浅い私にも、これらの歌のよさは直《じか》に感じられた。頭で理解する前に、心の方が先に反応したのである。

小野は生前に、「くさむらへ草の影射す日のひかりとほからず死はすべてとならむ」（『黄金記憶』）と詠っている。近づく自己の死の予感に充ちたこの歌は、歌自体が悲哀の塊のように透明感に充ちている。私には、高野の歌の三首目に、この歌との親密な交感があると思われてならない。

同じく、小野の友人である小中英之の第一歌集『わがからんどりえ』（一九七九年、角川書店）に、次の歌がある。

友の死をわが歌となす朝すでに遠きプールは満たされ青し

この歌の友を、小野茂樹であると限定することはできないが、小野が交通事故で亡くなる直前まで、ともに酒を飲んでいたのが小中であり、小野の死への思いの深さには計り知れないものがあるだろう。本歌が内包する友の死への哀切な情は、下句の表現に象徴化されている。

逝きてなほわが終身の友なればきさらぎ白きほほゑみに顕つ

この歌は、「終身の友」を、小野として読むことで、小中の哀感が強く胸を打つ。その他にも、『わがからんどりえ』には、死をモチーフとした歌が数多くある。

夭《わか》き死を核としてわが日常のかなたうす霧たえず漂ふ

黄昏にふるるがごとく鱗翅目《りんしもく》ただよひゆけり死は近からむ

二首目の歌は、まるで、先に引用した小野の歌に呼応しているようである。一首目の歌は、「夭《わか》き死」者を小野として読んだときに、この歌の世界がいっそう活かされてくることに気づかされる。

小中は、友情について、『わがからんどりえ』で、次のように詠っている。

友情も荒れよいちどは三月の独活の香りのごとくに荒れよ
ここまでの月日きらきらきさらぎを無傷にすぎし友情あらず

友情に、「荒れよ」と命令する小中の悲哀、「無傷」でなかった友情はない、と言い切る小中の心情は痛ましい。小中は、友情が内在している本質に、あまりに敏感に反応しすぎているのだろうか。いや、友情が内在している本質に、身をさらさなければ、友情を感受できないデリケートな精神性が、無防備にむき出しになっているのである。小中の死への向き合い方も、同様の精神性が感じられる。

わが死者のための夕雲きこえくるこゑのありなば憂ひただよふ

この歌の死者にも、小野を重ねることで、歌の世界に深みと広がりが増してゆく。友情と、それを断ち切る突然の死によってもたらされた憂愁が、過去から現在へと、時間を超えて見事に詠われている。小野は、小中の理解者であるとともに、得がたい友人であったことが、これらの歌からは理解されるのである。

私の敬愛する郷土の俳人、西東三鬼に、盟友で友人の篠原鳳作と石橋辰之助を詠んだ追悼句がある。高野や小中の歌と比較すると、短歌と俳句の表現の違いを、あらためて実感させられる。

鳳作の死

友はけさ死せり野良犬草を嚙む　『旗』
笑はざりしひと日の終り葡萄食ふ　同
葡萄あましづかに友の死をいかる　同

悼石橋辰之助　二句

友の死の東の方へ歩き出す　『今日』

涙出づ眼鏡のままに死にしかと　同

三十歳で夭折した鳳作を詠んだ三鬼の句は、友人の死への哀感を直截に詠むことはない。野良犬が噛む草、甘い葡萄を食うことに仮託され、表象化された哀感である。また、辰之助を哀悼した最初の句は、自己の悲しみを、俳句表現の機能に任せ、句の背後から逆光のように照らし出される哀感に、身を委ねているのだろう。二句目は、「眼鏡」への着眼が、三鬼の哀しみを象徴的に表している。

9　友情と追悼──岡井隆と大岡信

岡井隆の第三十四歌集『鉄の蜜蜂』（二〇一八年、角川書店）に、友情を詠った次の一首がある。

遠いところで裂けてゆく布、友情はふかく鋭き音でもあつた

岡井の短歌には、友情を詠った作品が数多くあるが、この歌の持っている感慨は独特である。遠き日に破綻した友情を、懐旧しているわけではないだろう。友情の本質を、自己の体験に基づきながら表象しているとも思えない。友情に関わる傷みを詩の表現に昇華し、その足跡《そくせき》を固有の表現に高めている。現在の岡井の旧友への思いが、友情という言葉によって、感情の内奥で寂かにスパークしているのである。この歌の友情は、美しくもさびしい色彩を帯び、深くかなしい音を響かせる。

連作「うすき闇の底の沼」は、「旧友I」と記される次の歌が冒頭に置かれている。

うつくしい反語であつても構はない亡きわが友を鷗と呼ばめ

この歌に詠まれている旧友が、先の歌の友情の対象であるという確証はない。が、この作品の持つ繊細に屈折した感情には、先の歌との関わりを想像させる。たとえ、うつくしい反語であっても、亡き旧友を「鷗」と呼びたいという感慨には、亡き友への深くて複雑な友情が潜在しているのだろう。

「鷗」は、象徴としては、海、旅行、冒険のエンブレムであり、哀れな声で啼く、官能的で、欺されやすさを表す鳥でもある。文学の側面から見ると、例えば、イェーツの詩では、灰色の鷗が、政治犯の囚われる以前の姿を示し、束縛されない空間における自由の象徴として表現される。ジェイムズ・ジョイスは、記録者としての鷗を描き、アイルランドの年代記作者、福音書記者を表すとしている。亡き友を、「鷗」に喩えた岡井の意図が何か、よくはわからないが、この歌には、シンボルとしての鷗の意味が内包されているのではないかと思われる。

旧約聖書創世記第二七章

うすき闇はすなはち鳥の声の沼　エサウが鹿を狩りに出たあと

引用歌は、「うすき闇の底の沼」の表題作であり、先に引用した友情の歌の直前に配列されている。『旧約聖書』のエサウとヤコブの兄弟の物語が踏まえられた歌である。エサウを愛した父のイサクは、エサウに神の祝福を与えようとしたが、エサウが鹿の狩りに出たあと、弟のヤコブに神の祝福を与えてしまう。この歌の上句は、その後のエサウの嫉妬と、二人の対立を象徴的に表現しているのだろう。創世記の物語に則すと、そのような歌の理解に傾いてゆく。だが、直後に友情の歌が配列されていることを念頭に置くと、岡井と旧友との関係性、友情のアレゴリーが暗示されていると読んでみたくなる。

エサウとヤコブの対立と和解の物語は、神による人類救済の摂理のために行われた、善悪にもとづく、人間の象徴的な聖別がもたらしたものであるとされる。そのような、物語の一場面を切り取って表現したものであるとしても、旧友を詠んだ冒頭の「鷗」の歌から、「エサウ」の歌、「友情」の歌へと読み進めてゆくと、岡井と旧友をめぐる友情の物語が、歌の背景に潜在的に存在することを意識させられる。テクストの構成、歌の配列の巧みさがもたらす表現の重層性が、第一義的な意味の境界を超えてゆくからである。「うすき闇の底の沼」が見せる、岡井と旧友との友情の軌跡は、歌の織りなす潜在的な表現の関係性の内部に、詩性の豊かさとして生みだされてゆくのである。その点は、「鷗」、「エサウ」、「友情」の三首が、「うすき闇の底の沼」

の他の歌に、副次的な意識のあり様として作用していることからも類推される。
『鉄の蜜蜂』には、旧友への追悼歌が数多く収録されている。その一部を次に引用してみたい。

雨脚といふ足長くなりしころ旧友O《オー》の訃報を読んだ　「旧友の訃に」

樹は風の強い日に切れつていふぢやない　旧友長谷川を見捨てたあの日　「亡友の記憶に寄せて」

雲あつく眉のあひだに垂るるとき旧友の死にしばし黙禱　「旧友Kの死の前後に」

「うすき闇の底の沼」で詠われた「旧友I」と、これらの歌に詠われている旧友に、同一の友人がいるのかどうかはわからない。「鷗」に喩えられた旧友の歌と、この三首は、明らかに性格の違う歌である。
これらの歌で追悼されている旧友たちと、「鷗」に喩えられた旧友との違いは、自己に引きつけられた他者の固有化と、表現の深度の差異として表れている。短歌表現の質的な差異を念頭に置くと、「鷗」に喩えられた旧友が、この三首に詠われている旧友とは、別人であることを示している。

『鉄の蜜蜂』に収録されている、岡井の友人であり、ライバルであった大岡信の追悼歌も興味深い。「大岡信さんを悼む」と「夏至までの日々と大岡信さん」である。

ひとりひとりに声かけて連詩の場を創る微笑《ほほゑみ》の底に批評があつた　「大岡信さんを悼む」

大岡信《まこと》詩集大小三冊のむつみ合ふ汀、わが枕辺は　同

君の詩は実に明敏、今日のわが小路みちびくラムプとなれよ　同

宿痾《しゆくあ》アトピイ性鼻炎に寄せて

大岡さあん！あなたの晩年の詩の善《よ》さを鼻たらしつつ言はむとぞする　「夏至までの日々と大岡信さん」

嚔《くしやみ》こらへ眼《め》をこらす二十九歳のあなたの岡井批判の文字に　同

大岡さあん！「詩とはなにか」と問ひながらわれ鼻垂れてまだ書いてます　同

各パートから、三首引用した。「大岡信さんを悼む」は、大岡の逝去後すぐの創作であり、「夏至までの日々と大岡信さん」は、二ヶ月ばかり後の創作である。大岡が亡くなった直後の歌は、

友人である詩人の死の受けとめ方が、文字通り追悼への思いに強く作用している。その思いは、「大岡信さんを悼む」に、大岡の死後にも、創作者として生きる明日があることを感慨深く詠っている、「血圧は腕を締《し》められて測るものわたしには明日といふ日まだある」が挿入されていることによって、さらに強められる。この歌は、三首目の「ランプ」の歌の前に配列されている。

大岡への追悼の念は、大岡の死を悲しむことにとどまらない。大岡の生前の業績に讃辞を贈りつつ、その死後を生きる詩人としての明日への導きをも願うものである。往年のライバルであった大岡への追悼歌でありながら、その歌の性格は、同じ時代に競い合った、敬愛する詩人への友情の歌でもある。「大岡信さんを悼む」の本質を、私はそのように理解したい。

大岡の死の数ヶ月後に創作された、「夏至までの日々と大岡信さん」は、大岡の死後を生きる「私」の歌としての傾向が強い。大岡への呼びかけが、この歌の基本形だが、追悼の念は背景に退き、大岡の逝去後に生きる岡井の日常の姿の方が印象に残る。このパートには、「ポリデントに浸《つ》けた入歯を嵌《は》めながら〈生きねばならぬ〉朝の始まり」が、引用歌の少し前に配列されている。「〈生きねばならぬ〉」には、創作者として生きることが含意されているだろう。そう読まなければ、大岡への追悼歌、友情の歌が生きてこない。

「大岡さあん！「詩とはなにか」」の歌の後には、次の歌が配列される。

「じわじわと／色を揉《も》み出す／もみぢ葉の／誘惑なぞに／染みてたまるか」（大岡　信）

いやさうは言つても紅葉はじまれる森に惹かれて二人来にける

大岡の詩句を、詞書として使った歌である。紅葉のはじまった森に惹かれて足を運んだ、岡井夫妻の姿が彷彿とされる。大岡の詩句を受けた表現が巧みである。

因みに、この歌の後には、「森鷗外・斎藤茂吉を辿りきぬ　今杢太郎坂の下《くだ》りがきつい」と「坂の上にしたたり落ちる鼻水や。かれらの知らぬ老《おい》を生きつつ」が続き、このパートは完結する。前の歌は、「鷗外、茂吉、杢太郎」の評伝を、継続して書き継いできた岡井の営為が詠まれている。岡井は、「未来」誌上に、「鷗外・茂吉・杢太郎　ふたたび」を連載していた。次の歌では、「大岡さあん！」の歌の詞書「宿痾《しゆくあ》アトピイ性鼻炎に寄せて」を活かしながら、下句では前の歌を受けて、「鷗外・茂吉・杢太郎」が経験することのなかった自身の老《おい》が詠われている。

「夏至までの日々と大岡信さん」の前のパートは、「うすき闇の底の沼」である。先に見たように、「うすき闇」の冒頭歌は、「鷗」に喩えられた「旧友Ⅰ」が詠われる。この「旧友Ⅰ」を、大岡信に結びつけるには無理があるが、特定の旧友を詠んだ歌に限定するのではなく、広く想像の世界に開放することは可能であろう。それによって、同じパートに配列された友情の歌、「遠いところで裂けてゆく布、友情はふかく鋭き音でもあつた」との表現上の交感が広がり、旧友への象徴的な友情の歌としての生命が与えられる。岡井の旧友への追悼歌は、追悼の形を借りた友情の歌であり、旧友への友情は、追悼の思いと分かち難く短歌の内部で息づいている。

10　友情と思想 ——馬場あき子と中国革命

全二十七歌集を収録した、『馬場あき子全歌集』（二〇二一年、角川書店）には、上句、下句索引があってとても便利である。馬場あき子は、「友情」をどのように詠っているだろうかと興味が湧き、索引にあたると、次の五首が見出された。

友情も思想もわれを馳せしめぬ冬野に天のひばり生れいつ　『ふぶき浜』
嘘まじる酒たのしかる秋の夜の友情もなき己れうれしも　『雪木』
料金のありてそれだけの友情を買ふことも砂を行き愛《かな》しうす　『青い夜のことば』
友情は遂げがたけれど女には扶け合ひの情象《ぞう》のごとあり　『太鼓の空間』
友情を互《かたみ》に恃めど果さざりき生きたれば思ふ過ぎにし方を　『あさげゆふげ』

この五首以外にも、友情を詠った印象的な歌がある。例えば、初期の歌では、第二歌集『地下にともる灯』（一九五九年、新星書房）収録の一首。

民族の友情はあつくあふれいてやさしき童話中国は生む　「大きなる地球儀」

この歌が作られたのは、一九五六年、馬場が二十八歳の頃で、当時の社会を取り巻く世界情勢が反映した歌である。馬場の抱く中国革命への思いが熱く伝わってくる。「大きなる地球儀」の冒頭歌は、「大きなる地球儀ゆるくまわしつつ百花斉放は隣国のこと」と詠われている。一九五六年に毛沢東が提唱した「百花斉放」（多くの議論が自由に活発に行われること）を歌に詠み込み、当時の日本の社会情勢と比較して、革命中国への馬場の憬れが詠まれている。

馬場と同年代の岡井隆と中国革命の話をしたとき、岡井も当時、毛沢東の掲げた、「百花斉放」、「百花争鳴」に感激し、中国革命に理想を抱いていたという話を伺った。第二歌集『土地よ、痛みを負え』の歌が作られた所以でもある。もっとも、百花運動が、中国共産党への不満分子を見つけ出し、弾圧することに利用され、その後、運動は撤回されている。岡井が中国革命への憧れを断ち切る契機になった出来事でもある。

「大きなる地球儀」には、その他、砂川事件やハンガリー動乱を素材とした歌もあり、馬場の思想的な立ち位置が、歌の内容から自然に伝わってくる。中でも次の一首は、自己の思想に純粋に向き合い、その直截な思いにこころを動かされる。

少年の支えも時に命とすわが思想清く守られてゆけ

先に選出した、「友情の歌」五首について言及したい。

一首目は、第七歌集『ふぶき浜』（一九八一年、七月堂）に収録されている。馬場が五十三歳のときの歌集である。この歌は、友情と思想が、私を（青春時代から壮年にかけて）その耀きに向け夢中に走らせた。（その友情と思想が）今はまるで、冬野に生まれる天のひばりのように思われる、という歌だろうか。上句と下句の完了の助動詞「ぬ」と「つ」の使い分けが、この歌の骨格と調べを確かなものにしている。上句の友情と思想への無垢な信頼と希望が、下句の譬喩表現により、未だ完全には失われていないことを想像させる。冬野に生まれる天のひばりは、友情と思想への信頼と希望の微光を纏っていることだろう。『地下にともる灯』収録の「大きなる地球儀」の歌と併せて読むと、その感慨はさらに深まる。

二首目は、第十歌集『雪木』（一九八七年、角川書店）収録の一首、馬場の五十代後半の歌である。一読、上句の醒めた感情にはじまり、下句の屈折した思いに到る心象に惹きつけられた。親しい仲間たちとの酒宴の歌だろうか。そうであるならば、この歌の纏う諦念の明るく感じられることが、妙に心に引っかかる。虚無感の影はなく、自己肯定性が歌の背景をなしている。この歌の次には、「恋しくもなきかの若さ誇るらむ酒はたまゆら冬の火をなす」が配列される。この歌も、前歌と同様に屈折した感情が肯定的に詠われる。その肯定性に含まれる微妙な感情が、下句の譬喩表現に見事に表象されているだろう。同様に、前歌の結句、「己れうれしも」にも、そのような微妙な感情が内在化されていることを見逃してはならない。

三首目の歌は、第十七歌集『青い夜のことば』（一九九九年、雁書館）に収録される。馬場が七十一歳のときの刊行である。連作「阿弗利加」の（1　サハラ）収載の一首で、前の歌、「ベルベル族の少年は沙漠に手を広げ友よと言ひてなよるならずや」を読むと、この歌の背景が理解されるだろう。全歌集の「年譜」によると、一九九六年九月の項に、「朝日歌壇モロッコ周遊吟行の旅」と記述がある。このときの体験にもとづいて作られている。

初句の「料金のありて」は、観光客向けの料金で、観光客と撮る、記念写真代などが含まれているのだろう。お金による友情であっても、はるばると沙漠にやって来た身には、その営みが愛《かな》しく感じられるという歌である。上句の、一度は対象を突き放すドライな詠いぶりから、沙漠をゆく自己を通して、ベルベル族の生活への愛しみに到る思いが特徴をなしている。連作

（1　サハラ）には、ランボーを詠った、「沙漠行きしランボーの心知りがたし砂みれば愛はとうに滅べり」もあり、連作の世界に誘われた。

　四首目は、馬場が八十歳のときに上梓した、第二十二歌集『太鼓の空間』（二〇〇八年、砂子屋書房）収録歌である。女性同士の友情の難しさと、扶け合いの愛情の深さを詠っている。結句の「象《ざう》のごとあり」の譬喩がとても効果的で巧みである。扶け合いの愛情の深さが、姿、形としてあると詠い、この歌の世界をリアルに立ち上げている。次にくる歌、「自分のことだけ話す女とただ聞いてゐるだけの女とゐて話す会」と併せて読むと、馬場の同性に向ける視線が明らかになる。馬場の同性へのドライな視線と、認識の確かさが際立つ歌だが、その根底には、揺るぎない信念と深い情が溢れている。

　五首目は、第二十七歌集『あさげゆふげ』（二〇一八年、短歌研究社）の収録歌。馬場の九十歳の折の刊行である。この歌も、友情へのドライな視線が印象的だ。お互いに恃みにしてきた老友との友情を、思うように果たすことができなかった長い年月を、悔しく回想している歌だろう。四句目の「生きたれば思ふ」が効いている。二首前には、「簡潔に保つをんなの友情のあかしのショコラ行つたり来たり」という歌がある。老友との友情の証《あかし》の交歓として、ショコラを贈り合うという、何とも頰笑ましい歌だが、直後にこの歌があると、単純に、頰笑ましいとは言っておられない。歌の世界で、共に長く励まし合い、闘い合った戦友としての友情が詠われている。

ここまで、馬場の友情の歌を読んでみた。第二歌集『地下にともる灯』に収録された歌を例外として、引用歌の五首は、「友情」への視線と分析に、冷静な距離感と理知的な判断が働いている。五十代以降の歌ということも理由の一つにあるのかもしれないが、それ以上に、馬場の表現者としての体質に関わるものではないか。引用したのは、全歌集の上句、下句索引からの抽出歌であり、これ以外にも友情の歌はあると思うが、友情をキーワードにして、馬場の歌の特徴の一端を見る目安にはなるのではないだろうか。このような索引の利用は、馬場短歌への入門としても便利である。最後に、「友」を詠んだ馬場の歌を引用したいと思う。三首とも、私の好きな歌である。

冷や奴うつむく酒にふさはしき友とゐてその白きを崩す　『暁すばる』

友ながら死といふ具体つくづくと重き疲れを吾れに残せり　『青椿抄』

深き疲れは死期を早めるといひくれし友思ふその友もいまなし　『太鼓の空間』

これらの歌が内包する友への情感は三首三様だが、その心情の深さにおいて篤《あつ》く通底している。馬場あき子のことを篤き情の歌人と言った人がいるのかどうかは知らないが、私にはそのように思われた。三首からあえて、一首を選ぶとすると、一首目の「冷や奴」の歌だろうか。この歌の上句の内容から、導き出される結句の行為こそ、まさに、馬場短歌の真骨頂なのではないだろうか。私はこの歌を、久保田万太郎の最晩年の名句、「湯豆腐やいのちのはてのうすあかり」と並べて、その作品世界を味わっている。

二つの作品に共通するのは、「豆腐」だけであり、それ以外に類似性はない。馬場の歌は、言葉にできない友人への複雑な思いが、見事に表現されているし、万太郎は、湯豆腐のうすあかりに、自己の命の灯を見ている。だが、馬場の歌を読んだときに、すぐに、万太郎の句を思い浮かべたのは、どちらも人間存在に深く根差した表現だからである。どちらの歌にも、人間の生に関わる哀感が豊かに表現されている。

11　時代を超える友情――本歌取り

「本歌取り」は、すぐれた古歌の表現を引用しながら別の世界を創造し、本歌との間に重層的な世界を創り出す作歌法です。

『万葉集』や『古今和歌集』にも見られますが、藤原定家によって大成されました。定家の取り決めを簡潔にまとめておくと、次のようになります。

①本歌から取る言葉の分量は、本歌と句の位置を変えない場合は二句未満、変える場合は二句と、三、四字までにすること、

②本歌と主題を変えて詠むこと、

③本歌に取ってよいものは、三代集「古今・後撰・拾遺」と、その時代の代表歌人に限り、近い時代の歌は取らないこと、

などです。

これは古典和歌におけるルールですので、現代短歌の創作にそのままあてはめる必要はありません。

「本歌取り」には、本歌とそれにもとづいた歌との間に創造の架け橋を造りながら、本歌に隠されている新しい魅力をも引き出すことが含意されています。これは「本歌取り」における読者の役割の重要性を示すものです。名歌を本歌にすることが求められているのは、そのような点が理由の一つとなっています。

「本歌取り」による歌の世界の重層性は、単に新しく創造された歌のことだけを指しているのではありません。本歌とそれに基づく歌との相互の世界が、創造を起点として、どちらにも拓かれてゆくことが必要とされているのです。その意味では、「本歌取り」の作歌法はとても高度な技術であると言えます。

現代短歌では、「本歌取り」が広い意味で理解されています。句の引用や表現の類似を含むものの多くが、「本歌取り」であると考えられています。

しかし、その場合にも、引用されている表現の本歌がすぐれた歌であり、有名な歌であることが条件であることに変わりはありません。

読者が一読して、何が本歌であるのかが分からなければ、「本歌取り」をした意味は失われてしまいます。また、本歌がすぐれた歌でなければ、本歌とそれにもとづく歌との交感が、重層的な世界として浮かび上がっては来ません。

「本歌取り」にとって最も重要なことは、本歌から飛躍しながら新しい歌の世界を創造することですが、本歌そのものにも新たな生命（意味）を加えることができなければ、すぐれた「本歌取り」をなし得たことにはなりません。そのような自覚を持たないで、「本歌取り」を安易に考えてしまえば、「本歌取り」の可能性は矮小化されたものにとどまってしまうでしょう。それでは、次に、古典和歌から現代短歌まで、「本歌取り」の例歌を読んでみたいと思います。

白妙《しろたへ》の袖の別れに露落ちて身にしむ色の秋風ぞ吹く　藤原定家

この歌は『万葉集』の作者未詳歌、「白たへの袖の別れは惜しけども思ひ乱れて許しつるかも」と、『古今六帖』の作者未詳歌、「吹きくれば身にもしみける秋風を色なきものと思ひけるかな」の二首を本歌としています。定家の歌は、本歌の世界を踏まえながら、後朝《きぬぎぬ》の別れの場面を創造し、妖艶な恋の場面へと転換したものです。本歌を活かしたみごとな手法ですね。

霞立つ長き春日を子どもらと手まりつきつつこの日暮らしつ　良寛

良寛の歌は、『万葉集』の小野氏淡理《をのうぢのたもり》の「霞立つ長き春日をかざせれどいやなつかしき梅の花かも」などを参照して表現を借用したものです。『万葉集』の歌から学びながら、良寛独自の日常的な世界に再生させたものとして、広い意味での「本歌取り」と言えるものではないでしょうか。

雉食へばましてしのばゆ再《ま》た娶りあかあかと冬も半裸のピカソ　　塚本邦雄

藤原定家を敬愛していた塚本邦雄は、「本歌取り」においても巧みな技法を駆使した歌人です。短歌だけではなく、俳句や詩の表現を本歌として歌の中に活かしました。この歌は山上憶良の「瓜食めば　子ども思ほゆ　栗食めば　まして偲《しぬ》はゆ　いづくより　来たりしものぞ　まなかひに　もとなかかりて　安眠《やすい》し寝《な》さぬ」を本歌としています。

憶良の歌と塚本の歌を比較しますと、本歌からの飛躍としらべの違いが顕著ですが、塚本の歌から憶良の歌を連想することで、現代短歌に「本歌取り」を再生させることの意義を考えさせる、すぐれた一例だと思います。

うつしみに何の矜持ぞ降り立った天使があなたの舌を噛むまで　瀬戸夏子

この歌の場合は古歌ではなく、現代短歌を本歌にしています。山中智恵子の代表歌、「うつしみに何の矜持ぞあかあかと蝎座《さそり》は西に尾をしづめゆく」が本歌です。若い作者ですが、「本歌取り」の効果に自覚的で、本歌にもとづきながら自由な発想を発揮しています。

「本歌取り」による可能性の中心は、常に本歌との関係性の内部にあると言えるでしょう。本歌への深い理解と愛にもとづいてなされる「本歌取り」は、短歌という詩型の長い伝統のなかで、時代を超えた友情の一つの形とも言えるかもしれません。

その友情の形は、歌の言葉を通した心の交流であると同時に、表現世界の交流です。イメージや情趣の重層化による、現実や自己からの解放が、次元を超えた友情の形として、歌の中で詩の表現に昇華されているのです。

12　友情の消滅――二冊の本

今、私の手許に、友情の哲学に関わる二冊の本がある。

清水真木著『友情を疑う』（二〇〇五年、中公新書）は、文字通り、現代社会における、「友情」や「友人」の不可能性を問うている。アリストテレスが、死に臨んで語ったとされる、「友人たちよ、友人などどいないのだ」というパラドックスで始まり、この言葉で終わる本書は、終末に、ニヒリスティックな雰囲気を漂わせている。「あとがき」から、著者の見解を引用する。

「友人」や「友情」という言葉は、あまりにも無雑作に使われてきた。友人や、友情は、歌われ、讃えられ、誓われるばかりで、「友人」や「友情」という言葉の使い方が慎重に吟味されること、つまり、友人や友情が「疑い」の目をもって眺められることはほとんどなかったのである。誰を「友人」と呼べばよいのかわからなくなり、結局、「友人」や「友情」という言葉を使えなくなってしまったという人は少なくはないに違いない。私にとっても、「友人」や「友情」は、使い方のわからない言葉、使えない言葉であった。

しかし、友人や友情の意味を明らかにするという本書の意図に反し、結果的に、これらの言葉が「使えない」ということが唯一の可能な使い方であるという結論に辿りつかねばならなかった……。明るい未来にも希望にも言葉を費やすことなく本書を終えることになるのであろうか。「友人」や「友情」という言葉の取扱説明書には、ただ「使えません」という文字だけが大きく記されている。この状態をそのまま放置せざるをえないのであろうか。しかし、未来というものは、明日というものは、誰にとってもいかなるときにも一種の闇でしかありえないのであり、私たちは、その闇へと後ろ向きに、ポール・ヴァレリーの言葉を使うなら、「あとずさりして」入って行くことしかできないのである……。

哲学者である著者の思考態度が感受できる言葉である。このような悲観的な見方の内部で、粘り強く思惟し続けることでしか、「友人」や「友情」に、微かな希望を見出すことはできないのかもしれない。

著者は、「あとがき」の冒頭に、「友情とは、共同体全体の利害にかかわる問題について、開かれた空間において合意の形成を目指して討議する意欲のことであった。そして、友人とは、このような討議を成り立たせるために必要な相手のことであった」とも記している。それゆえ、

「友情」の名に値するものは、一対一の、あるいは小さな集団の内部におけるたがいに対する配慮にとどまるものであってはならない」もので、「友人や友情というものが公共空間と一体のものである以上、公共空間がその本来の機能を失うとともに、友人や友情も消滅してしまう」という見解を示している。友情が個人に向かうものではなく、社会や国家、人類全体への配慮に拡大されるものでなければならないならば、そこに、反論の余地はなさそうに思われる。だが、個人への友情に深く思いを致すことのできない者に、社会や国家、ましてや、人類全体への配慮ができるだろうか。私は、友人や友情が、歌われ、讃えられ、誓われることの積み重ねからしか、「友人」や「友情」に内在する本質への希望をつなぎ止めることは、出来ないのではないかと思っている。友人や友情が、歌われ、讃えられ、誓われることのなくなった社会にこそ、その消滅は、完全な形で訪れるのではないか。

著者の指摘するように、奉仕活動やボランティアに頼らざるを得ない社会は、「「新しい公共」を産み出すのではなく、反対に、制度の欠陥を善意で埋めることを当然のこととして要求する「透明な」社会」になるのかもしれない。「「親しさ」が支配する社会、他人の善意に頼らなければ生きることのできない社会、「親しさ」という名の牢獄《ろうごく》を作り出してしまう」ものかもしれない。だが、「個」として生きる私たちは、境遇も能力もすべてが違う「他者」として、この社会を形成している一員である。それらすべての人を、あらゆる差別から解放し、個々の能力と生活を平等に活かすことのできる社会が目指されるべきだが、それは、理想に掻き消されているのが現実だろう。

私は著者が否定したルソーの理想を、著者のようには否定し去ることができない。奉仕活動やボランティアに頼らざるを得ない個人（他者・弱者）が、目の前にいるのならば、現代社会の変質と荒廃への批判とは別に、その人たちに手を差しのべるのが先であると思う。

私は、どのように否定されようとも、友人と友情は、個と個の関係性の内部から生まれ、人が生きてゆく上で必要不可欠であると思いたい。本書には、「友情」や「友人」の本質を、真摯に思考する著者の姿を見出すが、私自身は、「友情」や「友人」の個人的な価値や、固有性への望みを打ち消すことができないのである。

本書は、帯文に簡潔にまとめられているように、「哲学者たちの友情論を手がかりに、公共の空間における対人関係の本来の姿を描きながら、友情の消滅の危機と、それが原因の国家の危機を遠望する」挑戦的な友情論である。友情を「個」の問題としてではなく、「公」の問題、国家と社会のあり方の問題として思考した、類書のない友情論だろう。

＊

藤野寛著『友情の哲学　緩いつながりの思想』（二〇一八年、作品社）は、「セクシャリティーと友情」、「家族と友情」、「ジェンダーと友情」、「SNSの世界の友情」などの項目があり、アクチュアルな問題にも触れている。このような視点から、友情を論じた書籍は、これまでになかった。以下に、その内容の概略を紹介しておきたい。

「セクシャリティーと友情」では、「男と女との間にも友情は可能か」という古くて新しい問題提起から始まり、この章の眼目は、ミシェル・フーコーの友情論である。同性愛者のフーコーにとっては、「男と女との間にも友情は可能か」という問い自体が愚かなものである。フーコーの求める友情は、既存の制度化された関係性を否定した上での、新しい「生の形」としての友情である。結婚や家族などの制度への誘惑から自由である、新しい「生の形」としての友情を、フーコーは求めている。本章の註に、上野千鶴子著『男おひとりさま道』（二〇一二年）の言葉が引用されているが、これは至言である。「家族には役割や定型があるけれど、友人にはない」。

「家族と友情」では、昨今、社会学的な言説の中で、友情の問題への注目度が高まっている理由に、二つの要因があることが示される。高齢化社会と、家族制度の動揺と縮小傾向である。

家族制度が、豊かな友情にとっての障壁であるならば、その動揺と縮小傾向は、友情にとってのチャンスだとも考えられる。少子高齢化社会の友情を考えた場合、老後のケアを期待しての友情関係という発想も生まれてくる。利害が絡む友情だが、一概に切り捨てるべきではなく、その可能性にも注目すべきだろう。また、子供の晩婚化傾向がもたらした現象として、友達のような家族関係が生まれている。

「ジェンダーと友情」では、「友情は男の世界か」という問題提起からはじまり、昨今は、女性の友情への注目度が高まっていることを跡づける。現在の友情が、他者の欲求を繊細に受け止めることが必要とされるからで、その点について、ヤーノシュ・ショービンは、次のように説明している。

「今日の友情のルールは、とりわけ文脈に繊細であり、関係に集中し、つまり、ケア倫理的に根拠づけられるのであって、もはや、道具的かつ普遍的に、つまり、目的合理的あるいは価値合理的には根拠づけられることはない。(……)根底にある原理は、他者に対する配慮である」。

本書の著者は、女性の方が男性よりも友情に長けている理由として、女性が、男性よりも、他者に見られることを意識することで、自立・自律志向の強い男性よりも、友情についてのキャパシティが大きい可能性がある、というのだが、この点は、異論があるだろう。もちろん、それについては、著者も注意しており、「男性は自律し、女性は依存する、というような考えは、あくまでも、社会的な力関係の産物であり、文化的に構築された観念でしかない」と、述べることを忘れてはいない。

「ＳＮＳの世界の友情」は、アリストテレスが友情の必須条件とした、双方向性という点が稀薄であり、友達関係の公開性という点でも、友情の本来性からは遊離しているという。友達関係というよりも、顔の見えない多くの観客に承認を求める闘争が、そこでは繰り広げられる。ただ、著者は、「ＳＮＳの世界の友情」を全面的に否定しているわけではない。

「ＳＮＳが一人一人の他者に対する細やかな寄り添い、というような実践のためのメディアでないことだけは、明らかだ。だからといって、社会性から、つまりは「承認をめぐる闘争」からドロップアウトすることはできることではない。アリストテレスも言うように、われわれは社会的存在である。とすれば、肝に銘じられるべきは、あたかもわれわれがただただ個人として生きられるとでもいうかのごとき錯覚に陥らないようにする、その意味で、自らの社会性に自覚的であり続ける、という平凡な処方でしかないのではないか」。

本書の著者が、「友情」について、最終的に思い到ったことは、「友情は緩いつながりであり、緩いつながりであってよいのだ」ということである。これは、柔軟性のある、ユニークで現代的な友情論だ。

本書の第Ⅰ部で著者は、モンテーニュの友情論、唯一無二の親友との交わりが「真の友情」であるという思想を否定している。が、現実には手の届かないモンテーニュの友情を、理想的な姿として、私などは憧れてしまう。しかし、それは、著者も言及するように、「真の友情」であるよりも、「真の恋愛」であり、これまた、手に入れがたいものだろう。そのずっと手前で、もがき苦しむことになるのが常態なのだ。

だが、それでも「友情」や「恋愛」に向き合う方が人間的であると、私などは思ってしまう。うまくいくことだけが、人生の醍醐味でもないだろう、と。必敗の中に、喜びを見つけることが、人生に厚みを加えることもある。

現代を生きる私たちが、あえて、友情の問題を考えるとき、藤野寛の『友情の哲学　緩いつながりの思想』は、必読の一冊である。

13　批評の不在――友情を妨げる力学について

金井美恵子が現代短歌に対する痛烈な批判を行った、「たとへば（君）、あるいは、告白、だから、というか、なので、『風流夢譚』で短歌を解毒する」が話題になり、私もその動向を注目しながら見守っていた。

「短歌研究」二〇一二年十二月号「短歌年鑑」の座談会では、穂村弘が金井の批判を冷静に受け止め、短歌共同体と表現との微妙な関係や、結社と皇室の関係が可視化された問題について率直な感想を述べている。

また、同じ座談会で金井の批判に最も憤っていた島田修三は、二〇一二年十二月に刊行された角川書店の「短歌年鑑」に、金井の批判に応える論考を発表している。だが、座談会で憤りを隠さなかった島田の論考は、金井への反論ではなく、現在の歌壇への問題提起として、金井の批判の正当性を、ほぼ認めた形に終わっている。島田は論考の冒頭近くに、次のように書いている。

この痛烈な批判のつぶては的を射ているかといえば、昨今の現代歌壇に対する洞察としては、かなり正確に中心を射ぬいている。おそらく、歌よみのなかにも溜飲を下げるような爽快感や後ろぐらい痛みを覚えている者が少なからずあると私は睨むものである。

「もの哀しさについて」

島田の書くように、金井の短歌批判によって溜飲を下げている歌人や、後ろ暗さを覚えている歌人は確かにいるだろう。しかし、これは変な話だとしか思われない。金井の批判は、ある特定の歌人だけを擁護するためにも、批判するためにも働くわけではない。大抵の歌人は、金井のいう「共同体的言語空間」の恩恵に、多かれ少なかれ浴している。その恩恵の差によって、差別感や、ルサンチマンを抱くことがあったとしても、恩恵からまったく無縁であることはない。

それは、負と正の両方の側面を合わせ持っている。この正負の使い分けが歌壇内部の地位や、相互関係の親密度によって異なり、短歌に対する批評に不合理が生まれる。およそ、褒められたものではない歌が称讃され、すぐれた歌が黙殺されることも起こり得る。批評の不在は、相手との関係性で、何とでも塗り替えが利く言葉から生まれ、無惨な姿を曝す。それらすべては、歌壇の「共同体的言語空間」の恩恵を背景にしている。

もしも、短歌が、その恩恵を当てにしなければ、作品の価値を担保することができないのならば、それは、この詩型の本質的な問題であり、金井の批判を免れることはできない。その結果、金井に対して短歌への無知による無理解があると、歌人の方から言挙げすることにもなる。

だが、短歌が文学であるならば、「共同体的言語空間」の恩恵を踏み越えたところに、その作品自体の価値が存在し得るはずだ。そのような価値を見いだし得ないのならば、短歌は文学とは無縁な言語表現であるということである。

短歌の批評の真理は、「共同体的言語空間」の恩恵とは、次元の異なる批評の「場《トポス》」で生まれる。テクストと批評者の孤独な対話には、その恩恵が入る余地はない。誰が作った歌であっても、評価の平等性が担保されていなければ、批評行為は容易に、自己の利益を図ることに堕落する。

「短歌研究」の座談会では、金井への憤りを隠さなかった島田が、その後、金井の批判の正当性を概ね認めたことを、私は重く受けとめたい。金井の批判を真摯に受けとめることが、短歌の将来にとっても、大事なことであると思われるからである。

私は、島田が書いた「もの哀しさについて」を読み、島田の歌人としての誠実な姿勢に感心した。歌壇と結社の中心にいる島田が、リスクを承知で書いた「もの哀しさについて」を読まずして、短歌の将来を語ることに、私は疑問を持つ。島田の「もの哀しさについて」を読んだ上で、もう一度、金井の短歌批判は読み返されるべきである。金井や、島田の文章に真摯に向き合い、現代短歌の問題点を共有するところから、今後の短歌への希望が、見かけだけではない、短歌に関わる真の友情が、生まれてくるのではないだろうか。なお、金井の批判と島田の文章に触れながら、山田消児が「詩歌梁山泊」の「短歌時評」に、とてもいい文章を書いている。ぜひお読みになることをお薦めしたい（詩歌梁山泊・短歌時評第八十五回、山田消児。二〇一三年一月十八日）。

＊

「共同体的言語空間」の恩恵を初めから当てにしていない歌人も、数は多くはないが存在する。例えば、私の上の世代では石井辰彦がそのような歌人であり、下の世代では瀬戸夏子がそれにあたる。

石井が求めているのは、歌人同士でわかり合い、歌の価値を補完し合うような読者ではない。自己の歌に対する純粋な読者であり、自己のテクストとの読みの闘争をなし得る読者であろう。

テクストとの一対一の対峙の中で、創造性の「場《トポス》」を拓く言葉との遭遇が、短歌共同体内部の価値体系からの超越性を含意することを目指している。それは、既成の「共同体的言語空間」に対する批判性を内在したもので、短歌共同体からの逸脱を必然的にもたらすものである。

瀬戸は、『そのなかに心臓をつくって住みなさい』という刺激的な第一歌集を二〇一二年に上梓しているが、今までのところ短歌総合誌で、この歌集の書評が掲載された形跡はない。瀬戸の短歌に対する固有の価値観と、それにもとづくアプローチは、短歌表現とは何かを思考すべき、根源的な問題を胚胎している。それは、現代詩と交錯するもので、延いては文学とは何かという問題ともリンクする。

瀬戸の歌集の書評が書かれないことには、いくつかの原因がある。その最大の原因は、石井のテクストと同様に、既成の短歌共同体内部の価値体系では図ることができない、超越性を内在しているからである。そのようなテクストには真摯に向き合わないことが、短歌共同体の構成員としての身分を保証するのである。

＊

前稿の拙論を読んだ、私が信頼し期待している若い歌人から、内容に関する疑問のメールをもらった。拙論には説明不足もあり、そこから誤解が生じるのは生産的ではないので、その点を質《ただ》しておきたいと思う。

その歌人からの疑問の一つは、金井美恵子の現代短歌批判に対して、石井辰彦や瀬戸夏子の志向を賞揚することは、金井の批判への答えにはならないということである。この点に関して言えば、直ちに二人のテクストが、金井の現代短歌批判に応えられているとは思ってはいない。ただし、「共同体的言語空間」の恩恵に焦点を絞りながら、この問題を考えた場合、二人のテクストを俎上に載せることには、大きな意味がある。

そもそも彼らのテクストは、歌壇から黙殺されるか、それに近い扱いを受けている。それは、彼らのテクストの文学的価値が低いからではなく、通常の短歌とは異質なものとして、その価値を分析することなく黙殺されているからである。岡井隆が詩人の佐々木幹郎と行った『組詩天使の羅衣《ネグリジェ》』も同様の憂き目に遭っている。私はそのような行為が、短歌表現そのものの損失につながり、結ばれるべき短歌による真の友情を妨げていると思っている。彼らの実験は、論じられるべき価値あるものとして、歌人たちの前に提示されているのである。

拙論の内容に疑問を持った先の歌人は、石井や瀬戸のテクストを、短歌の可能性を広げるものか、現代詩や散文との接点を探る試みのものだとは思うが、短歌としての正道ではないという疑問を示している。おそらく、石井や瀬戸のテクストに対して、そのように思う歌人は、他にもいるのではないかと思われる。

だが、短歌の「正道」とは、いったい何だろうか。「写生」を中心とした短歌のことか。あるいは、生活実感のあるもの。それらにもとづくリアリティーを担保しているもの。読者から見て一定の理解が可能な世界が再現できるもの。感動のありかがはっきりとしているもの。このように羅列してみても、私には短歌の「正道」なるものが、少しも見えてはこないのである。

＊

玉城徹のエッセイを読んでいて、玉城が幼い頃より、松尾芭蕉の影響をいかに受けたかに興味を持った。玉城は短歌と芭蕉の関係について、次のように記している。

わたしなどは、「二十世紀短歌」というものも、けっきょくは、芭蕉の芸術の外に出るものではありませんでした。

わたしに言わせれば、「芭蕉以後の短歌」つまり芭蕉の洗礼を一度受けた短歌でなければ、作る意味がないと思われたのです。芭蕉を知らぬ歌人などは、まことに困ったものだと、わたしは、ひそかに心に呟いたりしたのです。

『左岸だより』第六十一回「冬の句 ―『猿蓑』巻一を読む」

玉城がこのように強調するのは、和歌の伝統が西行を通して芭蕉に継承され、また、近代短歌の方法が、芭蕉の影響を色濃く受けているからである。

王朝貴族の文学が、もはや活力を失った時期に、西行が出現して、和歌の命脈をつなぎ得たのは、大きな幸福であった。それが、新しい伝統として、芭蕉にひきつがれることになる。伝統とは、模倣的継承の意味ではない。

精神とか何とか言い出すと、またもや、観念的空言になる心配がある。つねに、自然を師として学ぶという実践によって、伝統は貫かれるのである。

『左岸だより』第四回「私見・新古今の世界」

○

その理論は、時間的多元性をはなれて、はじめて二つ以上の要素の統一の原理をうちたてたものと言ってよいでしょう。芭蕉の場合、しかし、あくまでも連句（俳諧）という多元的――共同的な文学の場の中へ、その理論をもちこんできたことは、見のがしてはならないことです。（中略）

多元的文学様式としての連歌は芭蕉を事実上の最後としてほろびましたが、芭蕉のうちたてたその方法論「匂い・響き・面影」の論は、みずみずしい生命をもって、近代の中に花をひらいたのです。

白秋・茂吉たちが、その初期において、どれほど芭蕉の文学を意識においたかはわかりませんが、ここで力強くはたらいてまったくことなった上下句を統一しているものは芭蕉的な「匂い・響き・面影」づけの方法にほかならないのです。

「近代の濾過」（『近代短歌の様式』収録、一九七四年、短歌新聞社）

玉城は生涯、芭蕉と格闘しながら自己の短歌の道を追求し続けた歌人だが、もしも玉城が短歌の「正道」を主張したならば、「芭蕉以後の短歌」という要素が含まれないわけはない。それを玉城にとっての短歌の「正道」とするならば、玉城以外の歌人の短歌の「正道」は、どこにあるのだろうか。私は明確に確定することは不可能であると思っているし、確定すること自体を、反文学的な行為であるとすら思う。

短歌の創作と批評は、同じ次元で行われるべきものではない。短歌創作と短歌批評が、同じ人間によってのみ行われる歌壇にあっては、この点が曖昧なまま、自己の創作のあり様が、そのまま批評方法へと流入することに、強い警戒感を持っていなければならない。そうでなければ、批評の名を借りた自己の利益を図る論にすり替わってしまう。批評は、自分の短歌の好みを語る場でも、自己の短歌観の正当性を主張する場でもない。あくまでも、テクストに即し、その可能性を追求する場であり、テクストの読みを批評の言葉として提示する場である。

だが、「共同体的言語空間」の恩恵という問題に立ち返って言えば、批評の場では、平等であるべき短歌の「読み」の問題が、歪な構造を持って短歌界に表出している。これは、歌人の誰もが気づいていることではあっても、表立っては問題にしない歌壇の禁忌《タブー》である。

私は以前、歌人として高く評価され、一定の地位を得て活躍している歌人に対しては、その歌に、より厳しい批評の目が向けられるべきであると書いたことがある。それは、歌の評価が確立し、短歌界に地位を与えられた者が負うべき責任であり、そうであればこそ、歌壇を代表する歌人としての存在感を示し得ると思うからだ。文学表現の観点からは、これは当たり前なことで、創作と批評の分業化が進んだ表現では日常的に行われている。ノーベル文学賞を受賞した小説家や詩人であっても、厳しい批評の目は栄誉を得た後にも同様に注がれる。それは、文学の文学たり得る本質にもとづくものである。

一度手にした栄誉や地位は、よほどのことがない限り消えることはない。体力の限界を理由に引退することは、スポーツ界では常識であるが、自己の創作の衰えを理由に引退を表明する歌人はいないだろう。明らかに創作に衰えが見え、本人にその自覚があったとしても、そこに批評の目が向けられることはなく、その衰えを、ある種の価値へと恣意的に変容、補完させることで、「共同体的言語空間」の恩恵は、発揮され続けるのである。

歌人の地位や立場の違いによって、批評の矛先にブレが生まれるのであれば、「共同体的言語空間」の恩恵は、権威やその人との親密度に合わせ、その人に都合よく機能する。「共同体的言語空間」は、テクストにおける短歌批評の平等性がそこで担保されることでしか、短歌表現の将来性に寄与することはできない。私は、「共同体的言語空間」や、その恩恵を否定するのでなく、むしろ、それを有効に活かすための手立てを、早急に立てるべきであると思っている。

＊

ここで、石井や瀬戸のテクストに話を戻す。例えば、ポール・ヴェルレーヌの言葉に倣い、彼らを、「呪われた歌人たち」として、特殊性の内部に囲い、ある限定の範囲で、彼らのテクストを見ようとすること自体、実は短歌批評の放棄そのものなのである。

仮に、それぞれの歌人に、短歌の「正道」に対する認識があるとして、その「正道」へのアンチ・テーゼとなり得る強力な存在があればあるほど、自己の短歌の「正道」を磨くのに適した文学環境はない。石井や瀬戸の実験に、批判的な短歌観を持っている歌人は、積極的にその批判を批評として提示すべきである。それを行わないのであれば、短歌詩型の将来的な可能性を脇に置き、自己の利益のみを視野に入れているかとしか思われない。

彼らの実験は、たとえ短歌における、「共同体的言語空間」の恩恵とは無縁であるにしろ、批評の「場《トポス》」に、短歌の創作と読みの問題を、本質的に思考させる契機を与えている。批評の「場《トポス》」に、排除の構造が存在していることは、その詩型の損失以外の何ものでもない。石井や瀬戸の実験は、現在の短歌表現の問題として、その他の短歌と同じ批評のステージで、真摯に論じられるべきテクストである。

短歌における真の友情を育むには、互いへの信頼を前提とした批評性が欠かせない。歌会や歌誌の作品評などで手厳しい批評を述べることはなかなか勇気の要ることだが、言葉をまるめてしまうことはたやすく、結果は友情未満にとどまることになるだろう。短歌の鑑賞によく使用される言葉をここで再定義しておく。参照されたい。

平明（な歌）……平明な歌は、一読して意味がわかる、読者の目線に立った、親しみやすい歌のことである。鑑賞のために準備や知識を必要とはしない。だが、「詩」表現という観点からは、凡庸な作品という印象を受けることもある。平明でありながら、「詩」としてすぐれた歌は、表現内容の意味がわかりやすい歌ではなく、表現世界への共感が、読者を通して広がりを持つ歌である。平明な歌がつまらないのではなく、平明であることしか取り柄のない歌がつまらないのである。

＊

難解（な歌）……難解な歌には、二種類がある。読者を無視した独善的な歌と、実験性に充ちたすぐれた歌である。前者は、ダメな歌の典型として、後者は、革新性に富んだ高度な歌として評価される。この二種類の作品を見分ける批評眼を持つことが、歌人としての重要な条件の一つである。その批評眼の精度にもとづき、難解な歌の創作の価値や、批評の性質が決定し、創作者としての能力が図られる。

＊

抒情性……抒情性は、短歌にとって重要な要素である。抒情歌に分類されない短歌に出会うことは稀である。短歌らしくない短歌を作れということを耳にするが、それは抒情性に寄りかかりすぎた歌を戒める言葉でもあろう。抒情性を異化することで、マンネリズムを超克した歌を創作することを願っての言葉なのである。もっとも、抒情性に依拠しない短歌の成功率は極めて低い。また、抒情性に依拠していないと思っても、表現の背後でしっかりと支えているものである。

＊

叙事性……事件や事実をありのままに述べることが叙事性の本質である。よって、抒情的な調べを表現の根幹におく短歌とは、相性があまりよくない。だが、性格の合わないもの同士が、うまくバランスを取って表現の昇華につながれば、これほど可能性に充ちたものもない。叙事性に依拠した短歌が、無味乾燥な印象を与えることなく、切れ味鋭い描写や批評性を内包するならば、すぐれた歌の条件を有していると言える。

＊

調べ（しらべ）……短歌を鑑賞するときに最も厄介なのが調べである。調べの実体を明確に示すことは難しい。文学者の前田英樹は、「世界の側のリズム」、「詩人の内側のリズム」、この二つを言葉へと統合してゆくようなもう一つのリズム、それが完全に合致したときに生まれてくるものが「調べ」であると分析している。「対象」だけでも「言葉」だけでもない、「詩」の誕生に不可避の、その「詩」固有の秘密が「調べ」だというのである。前田の分析は、芭蕉の俳句の調べを考察した玉城徹の説を敷衍したものである。「調べ」の奥深さを覗き込んでしまうと、短歌の鑑賞の用語として容易には口にできなくなる。

＊

個性的……あなたの歌は個性的だと言われれば悪い気分はしない。何か独自の価値があるように思われる。しかし、下手な歌を褒めるときにもこの言葉は使用される。どのように解釈していいのか評価に窮したときに、便利な言葉である。褒めるときの言葉が、その反対の意味に使われるときの皮肉は強烈だ。自分の作品の批評に個性的という言葉が使われたときには、その真意を質《ただ》してみる必要があるだろう。

＊

類型的……先行歌に似た作品が多くある場合に使われる批評用語である。個性的な歌とは反対に、ダメな歌の典型として使用される。しかし、類型の元をたどってゆけば、そのルーツに名歌があったり、著名な歌人の歌があることも珍しくはない。お手本として尊重している歌に似てしまうのである。個性的な歌を作っていた人が類型的になるのと、類型的な歌を作っていた人が個性的な歌を作るのとでは、後者の方に創作者としての可能性が開かれている。早熟で個性的な歌を作る歌人は、華やかなデビューに見合うだけの苦闘の場に立たされているわけである。

＊

散文的……短歌は韻文であるので、散文的な短歌というのは、そもそも矛盾を含んだ用語である。そのため、短歌本来のポエジーや、調べを欠く歌という批判の言葉として受け取ることが多い。だが、文語と口語を問わず、散文的な短歌が清新な印象を与えることがある。それは短歌の属性からの詩的な飛躍を感受できた場合であろう。散文的な要素による短歌の異化に、新しい表現への可能性を志向する姿勢が見いだせるからである。

＊

ロマンチック……ロマンチックは、憂いを含んだ甘美な相聞歌や、自己陶酔的で夢見がちな短歌に使われる用語である。程度の差はあるが、揶揄を含んだ批評用語として使用される。だが、本来ロマンチックは、自然や幻想を愛し、創造性豊かな創作に向けた思いを秘めたものだ。もっとも、寺山修司は、歌人は表現的には自己を否定するような美辞麗句を並べながら、形式的にはみんなナルシストだと指摘している。ならば、自己否定的な短歌も、その本質に、ロマンチックな要素を秘めているということになる。

＊

伝統……伝統という名の革新こそが、実は伝統の真の姿である。例えば玉城徹が、和歌の伝統を継承した芭蕉の俳句を意識に置き、「芭蕉以後」の短歌を作らなければ意味がないと、芭蕉に生涯挑戦し続けたのは、真の伝統が革新にあることを熟知していたからである。芭蕉は、「不易」と「流行」を並べて掲げたが、「流行」の方を重んじていた。「流行が芸術的な努力の結果でありながら自然の理にもかなっている」（山下一海）ことを、柔軟な思考態度で認識していたのである。「不易」が、保守的な伝統に依拠しているとすれば、「流行」は、伝統が内包する革新的な性質に依拠している。玉城が、「芭蕉以後」の短歌を目指すわけである。

＊

新しさ……新しさはそれだけで価値であるが、賞味期限がつきものである。むしろ、新しさが目立つ歌は、その反作用のように古くなるのも早い。芭蕉に、「底のぬけたるもの、新古の差《しゃ》別《べつ》なし」という言葉がある。これは、「古」に対する「新」ではなく、すべてを突き抜けた孤高の新しさを求めた名言である。では、短歌に「新古の差別」のない新しい歌があるだろうか。古くは、人麻呂、近代では茂吉、さて、現代では誰だろうと考えはじめると、にわかに新しさは、形而上性を内在した表現の言葉として迫ってくる。

＊

時代性……ライト・バース、ニュー・ウェーブ以後の口語短歌は、典型的に時代性を反映している。若者を中心とした先鋭的な試行が、同時代の時代性を映しだし、注目される点は、今も昔も変わらない。だが、超高齢化社会の今の日本にあっては、高齢者の詠む短歌にこそ、真の時代性が反映していると言えなくもない。真の時代性を見いだすのは、批評者の視点の問題であることを深く考えなければならないだろう。もちろん、歴史性との区別においても……。

＊

思想性……解釈次第では、思想性はすべての歌に存在している。卑近な日常詠から哲学的な難解な歌まで、思想の質や、意識のあるなしにかかわらず、現象としての思想性は存在する。だが、あえて、短歌の思想性を取り上げる場合には、歌人であることの覚悟を問われる。なぜ、短歌を作るのか。あなたにとって、短歌とは何か。短歌創作にとっての思想性は、そこからしか始まらない。

＊

写実（写生）……アンブローズ・ビアス曰《いわ》く、「ヒキ蛙の目に映るがままに自然を描写する技術。モグラが描く風景とか、尺取虫が書く話とかに、いっぱい入っている魅力」（角川文庫『悪魔の辞典』より）。西田幾多郎曰《いわ》く、「真の写生は生自身の言表でなければならぬ、否《いな》生が生自身の姿を見ることでなければならぬ。（中略）我々の見る所のものは物自身の形ではない、物の概念に過ぎない、詩において物は物自身の姿を見るのである」（随筆「島木赤彦君」より）。さて、あなたは、どちらを採用するのだろうか。

＊

皮肉……皮肉が込められた歌には、いく通りかの楽しみ方がある。第一には、皮肉の効果や、表現としての完成度を楽しむもの。皮肉の持つ批判性（批評性）の深度を測るのである。これが正統な楽しみ方だろうが、作り手の心理に深く分け入るのも面白い。皮肉から、作り手の人物像へと思いを馳せるのである。また、皮肉られた対象の視点に立って、読み返してみるのも興味深いだろう。楽しみ方はまだまだあるが、結論は一つ。皮肉な歌は、大いに作られるべきである。

＊

露悪的……露悪的な歌とは、飛びきりの自己愛の歌である。自己を深く愛していなければ露悪には到らない。自己破壊は、自己倒錯的な愛に外ならない。だが、その歌が魅力的ならば、表現として、何ら問題はない。それどころか、露悪にこそ、すぐれた「詩」が隠されていることも多いのである。

＊

道徳的……「道徳と短歌との相性を、いいと思う歌人と、悪いと思う歌人がいたとして、そのどちらがすぐれた歌人だろうか」という問題に、どう答えるのかによって、あなたの歌人としての資質は図られる。

＊

「渋さ」と「派手」……私の好きな歌人で言えば、「渋さ」の代表は佐藤佐太郎、「派手」の代表は葛原妙子である。人物像を言っているのではない。作風を指していることは言うまでない。葛原が佐太郎を敬愛し、傾倒していたことは有名な話である。短歌の影響も強く受けていたようだ。そうすると、「渋さ」と「派手」は、まったくの対立概念ではなく、作風だけでは見えてこない、その本質の深層に相通ずるものがあるのかもしれない。これは、あくまでも、短歌の様式や、完成度に関するお話である。

終章　「また、あいましょう。」

本書で紙数を割くことのできなかった友人や友情の歌は、まだまだあり、些か心残りである。俵万智の「異星人のようなそうでもないような前田から石井となりし友人」は、結婚によって姓が変わった友人を詠っている。姓の変更による違和感が見事に表現され、この微妙な違和感が歌に生命を与えている。同じく、俵の歌では、「たまに電話をくれる優しさ過不足のなきその間隔を友情と呼ぶ」にも感心した。友人との友情の距離感が、認識として自然に提示され、歌の世界に昇華している。

東直子の「西の空にすいこまれてゆく友人が残していったさめない微熱」は、早世した友人を詠ったものだろうか。結句の「さめない微熱」が、時間に左右されない友人への思いを伝えてくれる。

高柳蕗子の「草食獣となったかつての親友もたいらげてまた明日は空腹」は、格段にユニークな友情の歌である。私は一首全体を譬喩として読みながら、この歌が暗示する親友との関係性の変容を想像して楽しんだ。「かつての」と詠んでいるところがポイントだろう。友情への貪欲さが凄まじい。

杉山モナミの歌、「友情の√7を思いつつウォシュレットって雲で出来てるの」は、何だかよくわからないながら、この歌の内包する友人との距離感を思って、頭がクラクラしてきた。

春日井建の歌、「草笛を吹きゐる友の澄む息がわがため弾みて吐かれむ日あれ」は、友情よりも、愛恋の歌として理解した方がよさそうだが、この歌が内在するエロスからは、若々しい清新な身体性が発散している。同じく、春日井には、「夢絶えしこころに向けて水走りさらに滅べと友は言ひしはや」という友人の歌もある。

小笠原和幸の「一陣ノ風モナキ夜ノ団扇ハ耳、友ノ破綻ヲ聞キタイ俗耳」は、友人への思いが露悪的に表現されているが、内省的な感情を思うと、歌の背景から自己への哀れみが滲んでくる。「団扇ハ耳」に対応して、「俗耳」が効いているだろう。

今野寿美の歌、「悪友と呼ぶいちにんをおしなべて好みて持てり男は誰も」は、男同士の友情の形を、女性の目から捉えた歌である。この歌の背景からは、「本当に男って駄目ね」という声が聞こえてきそうで頬笑ましい。男と女の友情の違いを思うときに、思い浮かぶ一首である。

福島泰樹の歌、「さらばわが無頼の友よ花吹雪け　この晩春のあかるい地獄」は、亡き友人への万感の籠もった追悼歌である。福島には、友人への多くの追悼歌があり、死者への魂の叫びが刻み込まれている。それらの歌の中で、特に異色だと思ったのは、異性の友人、黒田和美に捧げた歌である。第二十九歌集『哀悼』より引用する。「あまやかな回想のなかに君はまた微笑んでいよ佇んでいよ」、「ガツン詩歌を叩き続けよ冥界で会うとき俺に寄り添ってくれ」。この二首を読むと、友情と愛恋の境界が微妙に揺れ動き、どちらとも明示し難いように思われる。

究極的な友人の歌は、前川佐美雄の「死をねがふ我をあざける友のこゑ聞きたくなりてききに行くあはれ」だろうか。この歌を、友情の歌とすることには、異論があるかもしれない。私は、実存的な世界が露出した、前川佐美雄的な友情の歌と理解したい。

連合赤軍事件のリーダーの一人、坂口弘の死刑確定後の歌、「わが胸にリンチに死にし友らいて雪折れの枝叫び居るなり」も、究極の友情の歌だろう。坂口が、総括の果てのリンチで死んでいった友人に、今、何を思うのか、余人には図りがたい。

友情に向けて、「また、あいましょう。」とは言えないだろう。一度手放したものは、どのようなものでも取り返しがつかない。限られた時間の中で、失ったものを取り戻すのは、何ごとも容易ではない。しかし、「ずっと、ここにいるから。」と、呟きつづけることはできる。そう呟きつづけることで、何かが変わることを期待するわけではない。何も変わらないことのなかにも、希望を見いだしたい。

私は、これからの生の途上を思い、「また、あいましょう。」と、虚空に向けて呟きつづける。私は、変わらずに、ずっと、ここにいるのだからと……。

本稿では、友情、友人を詠った歌を、私の目の届いた限りで紹介した。それが、契機となって、自分にとっての友情の歌に、目を向けて頂けたら、これほど嬉しいことはない。

Ⅱ　寺山修司をめぐる断想

1　不連続体について――寺山修司未発表歌集『月蝕書簡』を読む

暗室に閉じこめられしままついに現像されることのなき蝶　（影のコンパス）

これまで世に知られることのなかった秘密の短歌ノートをかいま見る興奮に駆られる。これが寺山修司の未発表歌集『月蝕書簡』（二〇〇八年、岩波書店）を読んだときの最初の印象であった。

だが、既視感を感じながら歌を読み進めてゆくうちに、寺山はこのような形で歌集が上梓されたことに、どのような言葉をもって答えるのだろうかという思いに捉われた。寺山ほど短歌の表現を見すえ、その機能をストイックに見ていた人はいない。短歌の「現在性」に異常に敏感だった寺山の歌が、没後二十五年というときを隔てて刊行されることは、幸福なことなのか、不幸なことなのか、この歌集への称讃も失望も寺山の与り知らぬことである。

『月蝕書簡』の上梓は、寺山ファンのみならず、寺山にそれほど関心のない歌人にとっても待望の刊行であったのかもしれない。この歌集の本当のすごさは、寺山の未発表短歌が、初めて目に触れることではない。寺山の死後、このような形で歌集が刊行されることへのパラドックスを、誘発しかねない寺山の言葉が、歌と併せて収載されているところにある。その点は、本歌集の編集に携わった田中未知の意図したことではないだろうが、田中が自分の手元にあった寺山の未発表短歌を発表することへの葛藤が、歌集の創作に伴う形で表れているように思えてならない。

寺山の未発表の短歌が、ついに現像されることのない「蝶」のように、私たちの目に触れない方が良かったとは思わない。私にも読みたいという欲望はある。しかし、寺山は、「蝶」が現像され読者の目に触れることを望まなかった。そのことが寺山の発言からわかるように、本書は編集されている。

寺山は一九七一年に刊行した『寺山修司全歌集』の「跋」に、次のように記している。

こうして私はまだ未練のある私の表現手段の一つに終止符を打ち、「全歌集」を出すことになったが、実際は、生きているうちに、一つ位は自分の墓を立ててみたかったというのが、本音である。

これだけ読むと、短歌に対する未練を持ちながら、短歌を創ることを美しく終焉させたように読み取れる。が、『月蝕書簡』の栞として収められた、寺山と佐佐木幸綱の対談「現代短歌のアポリア――心・肉体・フォルム」(「読書人」一九七六年十一月一日号)を読むと、次のような言葉に突き当たる。

ぼくが『田園に死す』という歌集をつくってから短歌をつくれなくなったのは、短歌形式が最終的に自己肯定に向かうということがわかったからです。

実は、これと似たような発言を、寺山は柄谷行人との対談でも行っている。

短歌は、七七っていうあの反復のなかで完全に円環的に閉じられるようなところがある。同じことを二回くり返すときに、必ず二度目は複製化されている。(中略)だから、短歌ってどうやっても自己複製化して、対象を肯定するから、カオスにならない。(中略)俳句は刺激的な文芸様式だと思うけど、短歌ってのは回帰的な自己肯定性が鼻についてくる。

「ツリーと構想力」(『別冊新評　寺山修司の世界』一九八〇年四月号)

寺山が「全歌集」以後に短歌を密かに創ったことは、寺山自身が突き当たった短歌の自己肯定性の問題に、決着を付けた上での行為ではない。私はそこに非常に興味をそそられるが、それを、短絡的に「全歌集」以後の短歌を未発表にした理由の一つにはしたくない。没後二十五年後の未発表歌集の刊行は、寺山が突き当たった短歌のアポリアに宙吊りにされたままである。

寺山の全歌業は、未発表歌集『月蝕書簡』から遡行されることで、その全貌をさらに鮮明にすることができるのだろうか。

＊　＊　＊

「現代短歌のアポリア――心・肉体・フォルム」から、寺山の言葉をさらにいくつか抜粋してみたい。

人は、一つの形式を通して表現する方法を獲得した瞬間から、自分自身を模倣するという習性が身についちゃうからね。その形式に打ちこんでいるときは、葛藤しないでもすんじゃう。それは今でもあんまり変わらない。その点が、非常に問題なわけです。

＊

短歌が再隆盛してシンポジウムが開かれたり、歌集が売れたりするという現象も、その内実として定型への葛藤がどのように内包されているのかということが問われないと、ただの豚飼いブームになってしまう。

＊

ぼくは何一つ連続したものがないという形で歴史を認識している。（中略）そして万物を連続体としてとらえる発想というのは、すでに散文の発想なんだ。

＊

だいたいぼくは住むもの、着るものを含めて日常の現実原則のレベルでの「私」というものに対する執着がない。つきつめていけば、寺山修司というのも、固有名詞じゃなく一般名詞でもかまわないと思っている。それだけに、エロス的な現実というか、言語化された「私」のギリギリの地平みたいなものをどこに置くか。それをとことんまで追求してゆくことが、表現する行為だという気がしているわけです。

＊　＊　＊

『月蝕書簡』の栞、「現代短歌のアポリア――心・肉体・フォルム」を読むと、寺山の短歌への問題意識が手に取るようにわかる。

だが、その問題意識は、当時も今も、寺山の固有性として享受されたとしても、短歌の普遍的な問題として、真剣に論じられたことは一度もなかったのではないだろうか。

寺山の問題意識がどれほど先鋭的であっても、短歌観の差異の次元で論議の俎上に乗せられてしまえば、批評性の本質を抜かれた一つの見解にすぎない。

栞にはまた、寺山の次のような発言がある。

　短歌をつくることが逆に自己破壊でありうるという時代にあって、あなたなんかも短歌を始めたわけだけれども、いまはそうじゃない。そういうことについては一度議論されるべきだと思うな。

寺山はこの発言を敷衍しながら、短歌における「他者」の問題に言及する。短歌定型との葛藤を覚悟の上で、「自己」と「他者」の分裂を短歌の内部に引き受け、一般性に回収されない固有性の獲得を目指すことの主張である。短歌によって固有性が獲得されるためには、対立物に対峙し、自己破壊的に分裂を引き受ける必要がある。このような寺山の問題提起は、現在の状況では無効になっているのだろうか。私はそうは思わない。

この対談で寺山が短歌をつくれなくなったことの理由としたのは、「短歌形式が最終的に自己肯定に向かうということ」であった。それは、「他者」の問題と抜き差しならない関係にある。短歌表現がナルシシズムから脱却するためには、どこかに自己否定の要素を担保しておかなければならない。それは、「あなたはなぜ短歌をつくるのか」という問いに答えることと同義である。その問いは、自己の短歌創作が一般性の内部に回収されてしまうことを回避し、固有性を担保することに向けて行われるべきものである。「他者」の存在をどのように短歌内部に引き入れるのか、また、その「他者」とは誰か。

「他者」は外部の存在であるだけではなく、内部の存在として〝今〟ある「私」の存在を脅かす。今ある「私」に回収されることなく、不連続体として「私」を脱臼し続ける。真の固有性が表出するのは、そのような表現の「場《トポス》」であり、「私」や「日常性」への回収からではない。

寺山は、「万物を連続体としてとらえる発想というのは、すでに散文の発想」であると否定的な見解を述べている。歴史の連続性を否定し、「私」の連続性に疑いを持つ。短歌も小説も、「私」への「非常に傲慢な自己肯定なしには成り立」たないものであり、小説における「私」のいい加減さを、歌人の立場から書くべきことを主張する。

琹には、次のような発言もある。

いずれにしても短歌についての論議が与え手の論議だけで、受け手の論議として全く出てこなかったことは、非常に問題だと思うんですね。それは、ほとんど短歌の半分以上の構成要素の黙殺ですからね。

短歌の論議が与え手の論議だけに終始するのは、批評における「他者」の視点の不在を意味している。テクストの読みの可能性は、他者（読者）に内在している読みの可能性として存在するのだが、それが与え手の側のテクストの価値にのみ回収されるとき、他者（読者）は、読みに関する、作り手との同等の地位を失う。「他者」による読みの可能性は、テクストの固有性を含意するだけに、これもまた、古くて新しい短歌と「他者」との問題である。

「想像力だけが権力を奪い得る」と言った寺山には、事実と虚構の区別など存在しないと言ってもいい。「他者」と「自己肯定」の問題の決着なくして、果たして、想像力は権力を奪い得るだろうか。

2 「新しい個」の表現——『寺山修司の俳句入門』を読む

『寺山修司の俳句入門』（二〇〇六年、光文社文庫）を読んでゆくと、次の言葉があり考えさせられた（引用文は、すべて同書による）。

俳句はあくまで〈私性〉の文学であり、個の意識でも、個の体験でも、選択した対象をどこまで普遍化できるかに全てが賭けられているのである。ここでこそ現代詩以上に潜在的な様式をもつジャンルの自覚をあらためることが要請される。

「前衛俳句批判」（「俳句」一九五八年三月号）

この文章を読んだときの私の驚きは二点に集約される。一つ目は、寺山が俳句を〈私性〉の文学と規定している点。二つ目は、〈私性〉の観点から寺山は、俳句と短歌をどのように区別していたのかという点である。少なくともこの文章を読む限りは、俳句のところを短歌と置き換えても意味が通り、むしろそちらの方が自然にさえ思われる。この文章を書いたとき、寺山は二十二歳、同じ年の六月には第一歌集『空には本』を刊行している。既に俳句から短歌に創作の主体を移した寺山によって書かれた俳句論の一節であり、その意味でも興味深い。

翌年の「俳句」にも、俳句を「私性」の文学と規定した、次の文章がある。

僕は俳壇での大切なことは、この「個」、言い換えれば「私」性の文学としての俳句が現代でも多数の人間のなかで生きうるかということだと思っている。自我の追求は今ではある意味の不毛地帯でさえある。とすると「私」性文学は「個」を解釈したり、追求するかではなく、「新しい個」の像を生むことではないか。リアリズムは方法論であり無論大切なことだが、俳句という純粋詩のありかた、実作者たちの世界の選択だけがリアリズムの種類を決定するのは自明のことであるのだ。

「俳句とリアリズム――落差からの出発」(「俳句」一九五九年四月号)

この文章も俳句について書かれていながら、当時の短歌の説明として通用する。寺山自身の進むべき短歌の道を示した言葉として理解しても、それほど不自然ではないだろう。寺山は高校時代に俳句創作に熱中していた頃、俳句と併行して、同様のモチーフの短歌を創作している。

以下に三組を例示する。

父と呼びたき番人が棲む林檎園
わが通る果樹園の小屋いつも暗く父と呼びたき番人が棲む

＊

ラグビーの頬傷ほてる海見ては
ラグビーの頬傷は野で癒ゆるべし自由をすでに怖じぬわれらに

＊

夏井戸や故郷の少女は海知らず
海を知らぬ少女の前に麦藁帽のわれは両手をひろげていたり

寺山の初期の短歌は明らかに俳句の延長線上で作られたものであり、その点が寺山の短歌に、これまでの短歌にはなかった清新さをもたらしているといっても過言ではない。それは、寺山が俳句を〈私性〉の文学であると規定したことから、もたらされたものではないだろうか。
寺山は既存の俳句観から自由であることで、俳句に「私」性の問題を見いだし、結果的に詩型の枠を超えたところで、俳句の「私」性の世界を昇華し、短歌に「新しい個」の像を生み出すことに成功したのではないか。引用した、寺山の俳句と短歌を比べると、短歌の方が、明らかに完成度が高い。俳句は、寺山の言う「新しい個」の表現世界が、短歌として完成するための過渡的な形態にすら思われる。

〈私性〉の問題の追求を、俳句によってはじめた寺山は、短歌によってその答えを見出し、現代短歌に新生面を開いてゆく。その意味では、寺山の俳句創作は、固有の短歌表現に到るための習作期間であったと言えなくもない。それは、結果から遡行した見解に過ぎないが、寺山が俳句から短歌に、創作の場を移行することは、ごく自然な成りゆきであったと理解される。「私」性の文学である俳句に、「新しい個」の像を生む、という寺山の文学観からは、先のような見解が導き出せそうである。

寺山の「俳句入門」には、「ロミイの代弁——短詩型へのエチュード」と題する、作中人物に仮託して短詩型観を述べた、ユニークな文章が収録されている。寺山は、自分の俳句と短歌を例に挙げながら、次のように書いている。

ところである一人の作者が、いわゆる韻文ジャンルを駆使できることの必要を前提として、一つのエモーションを俳句と短歌の両ジャンルで作る場合がある。
たとえばぼくの作者の場合がそうである。

チェホフ忌頰髭おしつけ籠桃抱き

という俳句の中でのぼくはやっぱり窮屈でしょうがなかった。
ぼくは永い間、ぼくの作者寺山修司にこのことの不満をぶつけつづけたが、彼はやっとそれを次の歌に展開させてくれたのであつた。

籠桃に頰いたきまでおしつけてチェホフの日の電車にゆらる

こういう意味では
桃太る夜はひそかな小市民の怒りをこめしわが無名の詩
はやや冗漫にすぎていたのだが、ぼくの作者は
桃太る夜は怒りを詩にこめて
とそれを引締めている。
このようにイメージをちぢめたりのばしたりして一つの作品を試作してゆくことは既成の

歌、俳壇ではインモラルなことと受けとられるらしいが、しかし至極ぼくには当然のことのように思われる。

（「俳句研究」一九五五年二月号）

この文章が書かれたのは、「チェホフ祭」により、短歌研究新人賞を受賞した翌年である。一つのエモーションを基にして、俳句でも短歌でも自在に駆使できることを披瀝している文章だが、寺山の言葉に反して、どちらも短歌の方がより完成度が高い。「私」性の文学に「新しい個」の像を生む、という課題を立てた時点で、短歌においてその実現と完成を目指すことが運命づけられていたのではないかと思われる。

しかし、話はそれで終わるわけではない。晩年の寺山は、短歌よりも俳句に可能性を見出す発言をしている。本書には、その発言が載っている柄谷行人との対談も収録される。

生前発表することがなかったとはいえ、寺山が最晩年にも短歌を作っていたことが、未発表歌集『月蝕書簡』の刊行によって示された。その点を思い併せると、以下の発言は、軽く読み過ごしていいものではないだろう。晩年の寺山が、俳句に比較して短歌への否定的な見解を述べながら、それでも、短歌を創作していたという事実、それは何を物語っているのか。私は寺山が、短歌を愛し続けたゆえの、構造的な批判であったと思いたい。

寺山　短歌は、七七っていうあの反復のなかで完全に円環的に閉じられるようなところがある。同じことを二回くり返すときに、必ず二度目は複製化されている。マルクスの『ブリュメール十八日』でいうと、一度目は悲劇だったものが二度目にはもう笑いに変わる。だから、短歌ってどうやっても自己複製化して、対象を肯定するから、カオスにならない。風穴の吹き抜け場所がなくなってしまう。ところが俳句の場合、五七五の短詩型の自衛手段として、どこかでいっぺん切れる切れ字を設ける。そこがちょうどのぞき穴になって、後ろ側に系統樹があるかもしれないと思わせるものがあるんじゃないかな。俳句は刺激的な文芸様式だと思うけど、短歌ってのは回帰的な自己肯定性が鼻についてくる。

柄谷行人氏との対談「ツリーと構想力」（『別冊新評　寺山修司の世界』一九八〇年四月号）

3　寺山修司と「作者の死」

ロラン・バルトが「作者の死」を唱えたのは、一九六七年のことである。

ロラン・バルトは、作者から作品を切り離して、読者に開かれたものにした。作品が内包している価値の多様性を、読者の読みの力によって、甦らせようとしたのである。

作品は作者の専有物ではなく、作者から独立した言葉の織物（テクスト）であるというバルトの主張は、それ以後の批評に、決定的な変革をもたらした。テクストは、言葉によって編まれたものという意味を含み持ち、ラテン語の織るを語源としている。

バルトのテクスト論に使用されたのが、「作者の死」というショッキングな言葉であったために、未だにバルトのテクスト論に抵抗感を持つ方もいるだろう。特に短歌は「私性」の文学と一般的に言われるように、近代短歌以降、現代に至るまで、その多くは、「作中人物（私）＝作者」という構図の中で解釈、鑑賞がなされてきた。よって、「作者の死」などということは、到底受け容れられないと抗弁されるのにも、無理からぬところがある。

しかし、バルトの主張は、「作者の死」そのものが目的なのではなかった。テクストを一つの意味から解放し、読者の創造的な読みを可能にする、読書の楽しみを実現することが目的なのである。テクストから還元される唯一の答え、たった一つの作者像への還元を目指すのではなく、作者像はあくまでも言葉の織物を構成する一本の糸にすぎないと考える。それは、作者の抹殺ではなく、テクストの内包する読みの可能性に、作者を多様な要素の一つとして組み込むということだ。

バルトはテクストを一つの意味によって読むことに抵抗を示したが、読者の野放図な解釈の乱立を許容しているわけではない。テクストの読みの可能性は、作者像をも読みの一つの要素とし、テクストに即した緻密な分析から導かれるものでなければならない。

また、時代や社会、世代など、諸々の要素が影響する読みの共同性を無視することもバルトは望まないだろう。あらゆる要素をテクストの読みの可能性に総合して、新たな読みの創造を生み出す批評が望まれているのである。

寺山修司のテクストは、たえず更新され続ける読みの創造を求めて、今日なお私たちに迫ってくる。寺山ほど、ロラン・バルトの「作者の死」に、親和性を内在するテクストを作り続けた創作者は稀《まれ》である。書く行為が存在そのものであるようなテクストには、自己に還元化される「私」が必要ではない。アノニムな創造的存在が、有機的にテクストの創造に関与してゆく。

インプロヴィゼーションと構築性を併せ持つ寺山のテクストは、文字通り「作者の死」を体現するテクストであり、そこに、寺山と言葉との相互的な友情関係を見いだすことが可能である。言葉に旧友の懐かしさを感受する寺山は、言葉との愛憎関係のもと、愛恋以上に深遠な友情関係を結んでいるのである。

人名索引（五十音順）

初出一覧

Ⅰ　短歌にとって友情とは何か

本章は「友情の歌」として、「北冬」（編集・発行＝北冬舎／柳下和久・二〇〇八年十月号〜二〇一八年十一月号）の連載を中心として構成されている。

「北冬」連載以外の初出は、次の通りである。

10　友情と思想――馬場あき子と中国革命　書き下ろし

11　時代を超える友情――本歌取り　「うた新聞」二〇一三年十月号（原題＝「本歌取り」について――出会いと創造性）

12　友情の消滅――二冊の本　書き下ろし

13　批評の不在――友情を妨げる力学について　万来舎「短歌の庫」二〇一三年三月二十一日、二十八日up（原題＝「連載再開にあたり、金井美恵子の現代短歌批判から思ったことなど。」・「永井祐第一歌集『日本の中でたのしく暮らす』を読む、その前に。」部分略）

14　超実践的短歌鑑賞用語辞典　「短歌」二〇一五年十一月号（原題＝超実践的鑑賞用語辞典）

終章「また、あいましょう。」　書き下ろし

Ⅱ　寺山修司をめぐる断想

1　不連続体について──寺山修司未発表歌集『月蝕書簡』を読む　万来舍「短歌の庫」二〇〇八年四月二十八日、五月五日 up（原題＝寺山修司未発表歌集『月蝕書簡』を読む。）

2　「新しい個」の表現──『寺山修司の俳句入門』を読む　万来舎「短歌の庫」二〇〇九年七月二十七日 up（原題＝『寺山修司の俳句入門』を読む。）

3　寺山修司と「作者の死」　「短歌」二〇一六年十二月号（原題＝ロランバルトのテクスト論概説）

※なお、本書収録にあたり、若干の修正、書き加えを施したテクストがあります。

ジャン・コクトーの『ぼく自身あるいは困難な存在』秋山和夫訳（一九九六年、ちくま学芸文庫）に、「友情について」という一文がある。これは、コクトー流のユニークな友情論で、コクトーの性癖が直《じか》に反映している。次にその一部を引用したい。

愛情よりも友情の術に長《た》けているとぼくはどこかで言ったことがある。愛情の根底には短い痙攣がある。かりにその痙攣がぼくらを失望させれば、愛情は死ぬ。愛情がそうした経験に抗して友情となるのは、まったく稀なことに属する。男と女の友情は微妙なもので、それは一種の愛でもある。嫉妬が変装していることもある。友情は静かな痙攣だ。もの惜しみは無い。友人の幸福はぼくらを喜ばせる。その幸福はぼくらにも加わり、何ものも奪い去りはしない。友情で気分が害されるなら、それは友情ではない。それは身をひそめている一つの愛情なのだ。

私はコクトーの「友情について」を読みながら、一つの詩篇を思い浮かべ、ペンの赴くままに言葉を書きつらねた。仮にそれを「友情のうた」と名づけてみると、私の〈友情の形〉が、そうであるように思えてきた。コクトーのテクストからの友情の贈り物《ギフト》である。

友情のうた

手のなかにおさまる
ちひさな石
こころの扉をあけるその手ざはりに
やがて影はさし聲《こゑ》がみちる
あをくうすい光にみちびかれて
ほそくちひさな径《みち》ができる
やさしいふくらみ
手のなかにをさまる

ちひさな石

*

まだ見ぬまぼろしを
うたふ者
わたしから延びてゆく
影のさき
わづかな光がまぼろしにみちびく
ある魂《たましひ》のきろくが
ひとりの男を
川の風景の前に立たせる

本書は、短歌に詠われた友情をめぐるエッセイ集である。友情を詠った歌は多く、私が本書で取り上げた歌は、一部にすぎない。短歌を通して友情を遠望する試みは、私にとっての友情を内省する試みでもあった。

本書収録の文章は、各章のタイトルと章の再構成を除いては、基本的に初出の形で収載されている。また、「11 時を超える友情――本歌取り」だけが敬体なのは、短歌入門者向けへの配慮による。そのため、あえて、文体の統一を図ってはいない。

「I 短歌にとって友情とは何か」は、「北冬」(編集・発行＝北冬舎／柳下和久)に連載した「友情の歌」がベースになっているが、「書き下ろし」を加え、内容と首尾を整えた。中でも、「10 友情と思想――馬場あき子と中国革命」は、『馬場あき子全歌集』(二〇二一年、角川書店)の刊行がなければ書けなかった一文で、友情をキーワードとした、私の初めての「馬場あき子論」である。

なお、本章には、高柳蕗子さんからご提供頂いた、「友情の歌」の資料を使った作品が含まれている。高柳さん、ありがとうございました。

「II 寺山修司をめぐる断想」は、「言葉を友人に持ちたい」と言った、寺山のテクストへの友愛を表した拙論を収めている。ロラン・バルトの「作者の死」と、寺山のテクストとの親和性には、それこそ、旧友の懐かしさがあると、私には思われる。

＊

本書収録の諸論をご掲載頂いた、北冬舎の柳下和久さんを始め、各誌、ウエッブの編集者の皆様には、たいへんお世話になりました。ありがとうございました。心よりの感謝を申し上げます。

また、拙論が「現代短歌社新書」の一冊に加えて頂けることの幸運を、現代短歌社社主の真野少さんに感謝いたします。

最後になりましたが、私の創作と批評をいつも応援してくれる、パートナーの大田美和に心よりの感謝の念を捧げたいと思います。

二〇二三年十二月二十五日　　春星忌に

江田浩司

江田　浩司（えだ・こうじ）

1959年岡山生まれ。短歌結社「未来」選者。現代歌人協会会員。芭蕉会議世話人。第一歌集『メランコリック・エンブリオ　憂鬱なる胎児』（第41回現代歌人協会賞候補）北冬舎、評論集『岡井隆考』（第9回鮎川信夫賞候補）北冬舎、評論集『前衛短歌論新攷　言葉のリアリティーを求めて』（第21回前川佐美雄賞候補・第25回小野十三郎賞詩評論部門候補）現代短歌社。その他に、歌集『まくらことばうた』北冬舎、『孤影』ながらみ書房、『重吉』現代短歌社、評論集『私は言葉だつた　初期山中智恵子論』北冬舎、『緑の闇に拓く言葉《パロール》』万来舎、詩歌集『想像は私のフィギュールに意匠の傷をつける』思潮社、『律――その径に』思潮社、『今日から始める楽しい短歌入門』実業之日本社、他などがある。

現代短歌社新書
短歌にとって友情とは何か
二〇二四年二月二十六日　初版

著　者　江田浩司
定　価　一九八〇円（税込）
発行人　真野　少
発　行　現代短歌社
〒六〇四－八二一二
京都市中京区六角町三五七－四
電話　〇七五－二五六－八八七二
装　丁　かじたにデザイン
印　刷　亜細亜印刷

ISBN978-4-86534-437-0　C0292 ¥1800E